Die Satten

ISBN 978-3-943160-16-1

Susanne Preusker

Die Satten

ISBN 978-3-943160-16-1

KRIMYTHOS

Bibliografische Information der Deutschen Nationalbibliothek
Die Deutsche Nationalbibliothek verzeichnet diese Publikation in der Deutschen Nationalbibliografie; detaillierte bibliografische Daten sind im Internet über http://dnb.d-nb.de abrufbar.

Umschlaggestaltung:
Christa Helwig-Hallenberger - Kommunikationsdesign

Krimythos Verlag, Prof. Dr. Clemens Lorei
Eschersheimer Landstraße 508 • 60433 Frankfurt
Telefon/Telefax 0 69/51 37 54 • verlag@krimythos.de
www.krimythos.de

Printed in Germany

Keine Einsamkeit ist schlimmer als jene, die durch eine besondere Geschichte ausgelöst wird.

Kevin Powers

Für Hannelore und Hans-Dieter.

Ihr bringt Farbe in die Welt der besonderen Geschichten.

Der See lag still unter Tannen in der abendlichen Dämmerung. Die Wasseroberfläche tat spiegelglatt und nur ein leiser Wind zauberte verlorene Kräusel und kleine Wellen in das moosig-wässrige, samtige Dunkelgrün. Es roch frisch nach Fruchtbarkeit, Fülle und reicher Erde. Es roch betörend nach Pilzen, Geheimnissen, nach Märchenwald, nach Feen und Elfen, Holzgeistern und Zwergengesängen. Nach Trollen und Geistern, nach Hexen und Zauberern. Kinderwunderwunschwald.

Ein Wunschwald, in dem es Wölfe und die Sieben Geißlein geben mochte. Oder Rotkäppchen.

Schneewittchen jedenfalls war schon da.

Schneewittchen lag, ganz bleich und schwerelos, in einem feuchten Sarg und sah aus, als schliefe es. Wächserne, durchscheinende Haut. Blutleere Lippen, zum Küssen zu schön und zu kühl. Und in seinem Haar hatten sich gierige Wasserpflanzen gefangen und umtanzten es schwebend, dieses Schneewittchen, in seiner schimmernden Schwerelosigkeit. Dieses ganz und gar wunschlose Schneewittchen, das sogar den Wunsch verloren hatte, aufzuwachen.

Schneewittchen war tot.

Spieglein, Spieglein an der Wand.

Spieglein?

I.

1.

In der Nacht hatte es geregnet.

Tannen, Tannen, Tannen. Fichten. Lärchen. Tannen. Ein endloses grün-braunes Band zog an ihr vorbei. Fichten, Fichten. Und Tannen. Sie dachte an die alte Schirmeiche, die sie vor langer Zeit auf Rügen gesehen und am liebsten umarmt hätte. Kühles, sanftes Moos unter ihren lackierten Fingernägeln. Risse in borkiger Rinde. Die Eiche stand. Sie zog nicht und erst recht zog sie nicht an irgendwem vorbei. Fichten. ImdichtenFichtendickichtnickendickeFichtentüchtig. Albern. Nicht zum Lachen, nur albern. Dicke Fichten zogen unablässig vorbei und das flackernde Sonnenlicht, das ihre dunkle Brille durchdrang, machte sie schläfrig. Hier soll es Wölfe geben, dachte sie langsam. Wölfe.

Sie kniff die Augen zu. Was wäre zu tun, wenn man einem Wolf begegnete. Schreien? Laufen? Fuchteln? Erstarren? Ja, erstarren. Sich still und steif machen wie die alte Schirmeiche. Nicht bewegen, dachte sie. Ich würde mich einfach nicht bewegen. Ein Wolf zeigt sich dem Menschen nur, wenn er ihm etwas mitzuteilen hat, sagen Indianer in irgendeinem Winkel der Welt. In dem Winkel der Welt, in dem sie lebte und gerade den Tannen beim Vorbeiziehen zusah, gab es keinen Wolf, der ihr etwas zu sagen gehabt hätte, und es war ihr egal. Sie war in keinem Verein zur Rettung der Wölfe. Sie war in überhaupt keinem Verein, vom FitnessClub mal abgesehen, aber das war schließlich etwas anderes. Und sie nannte auch keine Schafherde ihr Eigen. Gott sei Dank. Wölfe konnten ihr also mit Fug und Recht egal sein. Sie waren ruhelose Seelen, geschützt, gefürchtet, von niemandem geliebt. Es sei denn, dieser Niemand säße fernab von Schafen oder Hühnern in Hamburg oder Aachen oder Frankfurt. Auf jeden Fall an einem Ort, an dem sich kein Wolf jemals blicken lassen würde.

Fichten, Fichten, Lärchen und ein Waldweg, der sich im schattigen Nichts verlor. Durch den schmalen Spalt ihrer zusammengekniffenen Augen verlief er sich zu einem fernen Punkt.

Sie dachte an nichts mehr. Und der, der den Wagen lenkte, sprach nicht. Zeigte sich ihr, aber hatte ihr nichts zu sagen.

Glaubst du, dass es hier wirklich Wölfe gibt?

Hm.

Sag doch mal.

Kann sein.

Was würdest du machen, wenn du auf einen Wolf treffen würdest? Irgendwo. Im Wald. Was würdest du dann machen?

Keine Ahnung.

Ach, komm, sag schon.

Weiß nicht.

Dann überleg doch mal. Hast du denn da noch nie darüber nachgedacht? Damals, in deiner Karl-May-Zeit zum Beispiel?

Welche Karl-May-Zeit?

Sie seufzte.

Na, lass mal gut sein jetzt. Sagte der, der den Wagen lenkte.

In den frühen Abendstunden des vorangegangenen Tages, kurz bevor es angefangen hatte zu regnen, hatte sie bäuchlings auf einem dunkelgrauen Sofa, einem durchgesessenen, fleckigen Dreisitzer, gelegen. Ihre Arme waren hinter ihrem Rücken gefesselt, ihre Knie in die alten Polster gedrückt, ihr Kopf unter der Kraft eines menschlichen Griffes nach hinten gebogen, der Hals überstreckt. Sie hatte die Augen geschlossen.

In der Nacht hatte es geregnet, aber jetzt lachte sie wieder, die Sonne.

2.

Der Wagen hielt. Das große Haus sah ihm aus Butzenscheiben dabei zu und verfolgte misstrauisch, wie zwei Menschen ausstiegen. Beide gingen langsam nacheinander durch die Gartenpforte, blieben stehen, guckten. Durchquerten den Bauerngarten. Alte Rosen. Sagte sie. Wicken. Sagte sie. Apfelbäume. Boscop, denke ich. Sagte sie. Er sagte nichts. Aber er legte seine sehnige Hand auf die alten Holzbalken. Fachwerk ist so schön. Sagte sie. So warm. Als hätte es etwas zu erzählen, Träume vielleicht. Er nickte die Backsteine an und strich über das Holz. Beinahe zärtlich.

Sie folgte ihm in das Haus. Spitzengardinen hinter den Scheiben des Windfangs. Eine Diele, Wohnküche, Kamin. So schön. Sagte sie. Es war still im Haus und es blieb still, als die Maklerin zu ihnen stieß.

Lassen Sie es auf sich wirken. Sehen Sie sich alles ganz in Ruhe an. Keine Eile. Wir haben Zeit.

Keine Eile. Stehengeblieben schien die Zeit zwischen knarzenden Holzstufen, schiefen Türstöcken und gesprungenen dunkelgrünen Fliesen. 17hundertirgendwas. Stillstand der Zeit seit 17hundertirgendwas oder schon seit immer.

Sie hatte ihre Sonnenbrille hoch ins raspelkurze, hellblonde Haar geschoben und fühlte in die Luft. Sie roch verbranntes Holz, Backofenkartoffeln, Erdiges. Sie witterte in den Stillstand der Zeit und roch das Leben. Es ist schön, flüsterte sie, ohne zu wissen, wo er war.

Ja, das ist es, zischte die Maklerin in ihrem grellbunten C&A-Pullover, über dessen V-Ausschnitt eine billige und viel zu große Plastikperlenkette klimperte. Ja, richtig schön. Das ideale Objekt, wenn man sich nach der Ruhe und der Behaglichkeit des Landlebens sehnt. Nach dem Ursprünglichen. Ideal und gut instandgehalten. Ein Schnäppchen, ja, so kann man wohl sagen. Ein richtiges Schnäppchen.

Es war dämmerig in dem Schnäppchen und durch die milchigen Scheiben fiel nur wenig Licht. Sie sah ihn draußen. Er stand unter einem der Apfelbäume.

Sie hatte die Augen geschlossen und spürte den Schmerz. Es tat so weh. Das alte, durchgesessene, dunkelgraue Sofa hatte aus seinen Tiefen ein kantiges Metallstück hochgewürgt, das sich ihr in den Oberschenkel bohrte. Die Polster rieben ihr die Knie wund. Es tat so weh. Sie wehrte sich trotzdem nicht. Wie denn auch? Sie hatte keine Kraft mehr, sich zu wehren. Die Kraft war ihr schon vor langer Zeit abhandengekommen. Und sie hatte längst aufgehört, nach ihr zu suchen. Sie hatte kapituliert vor diesem anderen, das in ihr war und von ihr Besitz genommen hatte. Das sie und ihr Leben und ihre Ziele bestimmte. Das ihr den Weg wies und jede Vergangenheit erstickte.

Er stand unter dem Apfelbaum und griff in das Blätterdach, das sich ihm unter der Last der Früchte freudig, stolz, erschöpft, vielleicht auch müde entgegenstreckte. Den Apfel, den er einem Zweig entriss, warf er gen Himmel und fing ihn lächelnd auf. Er lächelte selten, wie sie wusste. Und aus dem dämmrigen Licht des alten Hauses heraus konnte sie sehen, wie sich tiefe Falten in sein kantiges Gesicht fraßen. Hungrige Lach-Kummer-Lebens-Falten. Boscop, sagte sie gegen die Scheiben, Boscop.

Ja, klimperte das Plastik hinter ihr. Boscop. Eigentlich sind sie noch gar nicht reif. Die sind noch viel zu sauer.

Das macht nichts, sagte sie. Das macht gar nichts. Und irgendwo hinter ihr knarzte Holz. Das Haus, so schien ihr, freute sich mit ihm.

3.

Zu dritt standen sie in der Sonne neben dem alten Rosenstock.

Nicht schlecht, sagte er. Gar nicht übel. Heizung ist neu, oder?

Ja, die Heizungsanlage ist erst vor knapp drei Jahren modernisiert worden. Das Dach ist keine acht Jahre alt. Alles tipptopp in Schuss und gepflegt. Nun ja, die eine oder andere kleinere Schönheitsreparatur stünde vielleicht noch an, im Bad beispielsweise. Diese dunkelgrünen Fliesen hat man ja nun heute wirklich nicht mehr. Das sehen Sie ja sicherlich genauso, aber abgesehen davon könnten Sie sofort einziehen, klimperte es und ein Plastiklächeln folgte.

Was ist mit den jetzigen Besitzern?

Ach, ein älteres Ehepaar aus Westfalen. Beide Künstler. Er ist Musiker, sie malt. Haben hier über 30 Jahre gelebt und sich dann entschieden, ihren Lebensabend in der Nähe der Kinder und Enkel zu verbringen. In der Zivilisation sozusagen, wo man nicht erst zehn Kilometer fahren muss, um einen Arzt zu finden. Deshalb steht das Anwesen nun zum Verkauf. Sie trennen sich schweren Herzens, wie sie mir sagten. Kann man ja auch verstehen, nach so vielen Jahren.

Künstler. Aha.

Sie sagte nichts. Stand nur da und blickte über den Garten. Sah fröhliche Kinder. Sah Gartentische mit Apfelkuchen. Hörte sich rufen: Kommt schnell, das Essen ist fertig. Wollte glauben, einen Storch zu sehen, der sich sein schützendes Nest über ihrem baute. Schnell, ein Gewitter. Alle mal anfassen, die Sachen reinholen. Sommerregen. Sie sah sich, in der Dämmerung Rotwein trinkend, seine Hand haltend. Rosen schneidend … Sahne. Sie sah ein Leben aus Sahne, in dem es nach Vanille duftete. Sie sah das Haus, siebzehnhundertirgendwas, zu ihrem werden, zu einem Heim. Fühlte die Umarmung und das Willkommen. Sie sah Tannenzweige in Blumenkästen zur Weihnachtszeit. Beschlagene Scheiben und gebräuntes Marzipan in Bratäpfeln, mit Butter bestrichen. Boscop. Es war ein Butter-Sahne-Vanille-Apfel-kuchen-Leben, das sie betrachtete, während sie neben dem Rosenstock stand und die Worte, die hin und her gereicht wurden, um sie herumtanzten.

Misstrauisch beobachtete sie das alte Bauernhaus, das weiter unter der Bürde seiner drohenden Zukunft knarzte.

Ja, gut, dann lassen Sie sich die Sache in aller Ruhe durch den Kopf gehen. Schlafen Sie ein paar Nächte darüber – so ein Hauskauf will ja wirklich gut überdacht werden. Ich erwarte dann bei Gelegenheit Ihren Anruf. Wenn ich nun noch um eine Unterschrift bitten dürfte? Sie wissen schon, für meinen Arbeitgeber. Klimperte das Plastikkettchen.

Er griff mit einer sehr schlanken, sehr gebräunten und sehr attraktiven Hand nach dem Kugelschreiber, den die Maklerin ihm reichte, und brachte schwungvoll Unleserliches zu Papier.

Danke.

Ich habe zu danken.

Die Suche nach Kraft war vergeblich, genauso vergeblich wie das Ringen um Vergangenheit oder Zukunft. Zu fest die Handschellen um ihre Gelenke, zu übermächtig des Menschen Griff in ihren Nacken. Zu viele Wiederholungen. Zu viele Demütigungen. Viel zu viel Versagen. Sie hatte ihre Kraft verloren und gelernt, sich zu fügen. Der Schmerz würde schneller verfliegen, wenn sie sich fügte. Wenn sie ihre Gedanken auf eine Reise schickte. Wenn sie nicht sprach, flehte, wimmerte, stöhnte … Wenn sie ruhig bliebe. Ganz ruhig. Wenn sie einfach nur warten würde auf das Vorbei. Und ein Vorbei würde es immer geben. Genauso wie ein nächstes Mal. Vor jedem nächsten Mal gibt es auch ein Vorbei. Das hatte sie gelernt. Lernen müssen. Beides gehörte untrennbar zu den Lektionen der Fügsamkeit.

Komm. Sagte er. Wir fahren nach Hause.

4.

Und?

Nur unterbrochen von grünsatten Weiden und vereinzelten Gehöften spiegelte sich die andere Seite einer Landschaft aus Tannen und Fichten in ihrer Sonnenbrille, zog vorbei. Der, der den Wagen fuhr, lenkte nun mit knochigen Knien und drehte sich eine Zigarette. Sie hasste das. Er zupfte die überstehenden Tabakreste ab, schnippte sie ins Irgendwo und griff zu dem Feuerzeug mit dem grellen Werbeaufdruck. Er zog den Rauch ein und kleine, bläuliche Wolkenkringel entwichen aus seiner Nase, die viel zu groß war für das schmale, scharf geschnittene Gesicht. Auch das hasste sie.

Was und?

Wie gefällt es dir? Das Haus?

Gut. Es ist ein gutes Haus. Eine durchaus interessante Immobilie. Sagte er, rauchte und fuhr. Nun wieder beide Hände am Lenkrad.

Sie lehnte den Kopf zurück und versteckte ihr Lauern. Die Landstraße vor ihr ein silbergraues Band, nur wenige Fahrzeuge unterwegs. Er rauchte und klappte die Sonnenblende herunter. Ein kleiner Ascheregen ging auf der ausgebeulten Cordhose, die seine knochigen Knie bedeckte, nieder. Es störte ihn nicht.

Ja. Sagte sie. Es ist ein schönes Haus. Wunderschön. Tragisch klang das. Tragisch und sehnsuchtsvoll.

112 Kilometer. Einfache Strecke.

Sie antwortete nicht.

Anderthalb Stunden. Heute, am Wochenende, bei besten Verkehrsverhältnissen. Eine Strecke anderthalb Stunden. Mindestens.

Sie schwieg und widerstand der Versuchung, den Tannen und Fichten zuzusehen, dem Wunsche, ihr Vorbeiziehen zu verfolgen. Sie hielt die Augen weiter geschlossen.

Hast du eine Ahnung, wie das im Winter sein wird? Bei Eis und Schnee? Alltags? Ein LKW hinter dem anderen? Hast du überhaupt eine Vorstellung davon, wie lange man dann fährt?

Er schmiss die nur halb gerauchte Selbstgedrehte aus dem Fenster, kleine Glutpünktchen flohen in die Freiheit, die keine war. Sie starben. Unter dem Summen des Fensters, das sich elektronisch schloss, verloren die Fahrgeräusche ihre Gleichförmigkeit. Aber nur kurz.

Im Winter sind das dann auch mal ganz schnell drei Stunden, musst du wissen. Und die willst du dann jedes Wochenende fahren? Gerade du? Wie stellst du dir das bloß vor? Wir brauchen kein Haus, in dem wir nie sein werden. Nein, das brauche ich wirklich nicht. Jeden Freitag auf zum Haus und dann das Wochenende schuften. Wie soll das denn gehen? Rasen mähen, Schnee schippen, Laub fegen … Dann streikt die Heizung, Rohre frieren ein und ich bekomme Anrufe, die kein Mensch braucht. Kümmern Sie sich gefälligst mal! Haben Sie schon …? Vergessen Sie nicht, dass …. Und so weiter und so fort. Besten Dank auch. Und womöglich erwarten die dann auch noch, dass man in den Schützenverein eintritt und an irgendwelchen Umzügen teilnimmt. Dörfliches Leben mit Gesangsverein und diesem ganzen Scheiß. Na, prima! Und letztendlich ist man doch immer nur der Zugereiste, der blöde Stadtmensch. Bei diesen Dörflern gehörst du doch niemals wirklich dazu. Ist doch eine Schwachsinns-Idee, das Ganze.

Sie wandte Kopf und Augen langsam den vorbeiziehenden Bäumen zu. Wölfe sah sie nicht.

Und spätestens morgen wäre sie wieder da, in diesem Raum mit dem durchgesessenen Sofa. Sie wäre gefesselt oder geknebelt, vielleicht beides. Verbundene Augen. Sie würde warten und hoffen und an eine Zeit denken, in der sie noch Kraft gehabt hatte, sich zu wehren. Sie würde auf die Geräusche hören, auf den Rhythmus des keuchenden Atems ganz dicht an ihrem Ohr. Fieberhafte Spannung und Resignation. Ab und zu ein leises Klicken. Und dann der würzig-eklige Rauch einer Zigarette. Das Heiße. Nur eine zähe Pause, das vorläufige Ende noch lange nicht.

Ein Butter-Sahne-Vanille-Apfelkuchen-Leben. Flüsterte sie, kaum hörbar.

So ein Quatsch. Sei nicht kindisch.

Er hatte es wohl doch gehört.

5.

Das voluminöse Kristallglas ruhte in einer schlanken, gebräunten Hand, ein öliger, edler, sehr trokkener, sehr teurer, sehr alter und sehr schwerer Rotwein tanzte unter sanftem Kreisen und leckte an der Innenseite des Kelches. Kirchenfenster. Man nennt sie Kirchenfenster, diese Schlieren. Qualität hat stille Zeugen. Die andere Hand hielt eine schmale Selbstgedrehte, die ihren Rauch in ein dämmriges Oben entließ.

Sie saßen sich auf der Loggia gegenüber. Unter ihnen die Dächer der Stadt, über ihnen das dämmrige Oben. Zwischen ihnen der Rauch, die Geräusche der Straße und alles andere.

Zusammengekauert hockte sie in einem der ausladenden Korbsessel, das unberührte Weinglas neben sich. Kerzenlicht mühte sich, den Tag zu verjagen, und spiegelte sich in den kleinen Kirchenfenstern gegenüber wieder. Sie hatte beide Arme fest um ihren Oberkörper geschlungen. So klein schien sie. Kalt war ihr nicht.

Ein Butter-Sahne-Vanille-Apfelkuchen-Leben könnten wir führen. Dort. In diesem Haus. In diesem Garten. Unter den alten Apfelbäumen. Verstehst du das? Butter, Sahne und Vanille. Alles zusammen.

Hör auf mit diesem Quatsch. Bitte. Das ist doch albern und bringt uns überhaupt nicht weiter. Sagte er, und der Rotwein kreiste in seiner warmen, nicht unschuldigen Hand.

Lass uns vernünftig miteinander reden. Das sagte er auch.

Ja.

Du hast recht – das Haus ist wirklich sehr schön. Ausstattung, Lage, alles prima.

Er roch am Wein, schnüffelte. Atmete viel zu tief ein.

Der ist gut, Mann, ist der gut. Befand er und seine Stimme klang fremd. Andächtig.

Richtig gut ist der. Ein prächtiger Tropfen. Also, wie gesagt: das Haus ist okay, der Preis stimmt auch. Aber ich möchte wirklich nicht gut zweihunderttausend auf den Tisch legen für ein Haus, in dem wir niemals sein werden. Oder viel zu selten. Das verstehst du doch, oder? Wir brauchen keinen Klotz am Bein. Wirklich nicht.

Sie wurde kleiner in ihrem Sessel, duckte sich mit rundem Rücken, umarmte sich fester. Ihr war nicht kalt und das Kerzenlicht wärmte sie nicht.

Warum sind wir dann hingefahren?

Leise gehauchte Worte, die ein Aroma von Vanille und Butter und Sahne und Apfelkuchen verströmten, welches nur sie hätte wahrnehmen können. Wenn sie gewollt hätte.

Er antwortete nicht. Roch weiter Wein und nahm einen kleinen Schluck. Ließ ihn im Mund kreisen, gurgelte, sah lächerlich aus mit seinen gespitzten Lippen unter der zu großen Nase. Lächerlich, diese genussvoll eingezogenen Wangen, diese unappetitlichen Geräusche, die den Kenner auszeichnen sollten, den Genießer, den Könner.

Genau die richtige Temperatur. Ideal. Mann, ist der gut. Was geht es uns gut. Geht es uns nicht richtig gut, Schatz?

Er streckte die Beine mit den hageren Knien aus. Uns geht's wirklich gut, wiederholte er. Nichts fehlt. Gar nichts.

Wenn ihre Augen verbunden waren, konnte sie sich in sich selbst zurückziehen. Kein Außen mehr. Nur Spüren, Ahnen. Ohne Angst im Dunkel und in der Hilflosigkeit. Alles nur ein Traum. Sehen müssen, hieße erkennen. Das schwarze Band schnitt in ihre Schläfen und Wangen und hinterließ Spuren, die sie später im Spiegel betrachten konnte. Rillen in ihrer weißen Gesichtshaut, Rillen auf der Stirn, direkt unter dem Ansatz ihrer Haare. Makel auf makelloser Haut. Der Knoten an ihrem Hinterkopf drückte, wenn sie auf dem Rücken lag. Nur dann.

Er drückte, wenn sie auf dem Rücken lag. Nackt. Und den Kopf nicht mehr in die Höhe halten konnte. Manchmal lag sie sehr lange auf dem Rücken. Mit verbundenen Augen. Und nackt. Und das Ende ließ immer nur den nahenden Beginn von dem Neuen, das drohte, erkennen.

Oder fehlt dir etwas in unserem Leben? Fragte er in sein Weinglas, ohne eine Antwort hören zu wollen.

Nein. Nein. Mir fehlt nichts. Log sie und nippte am Rotwein.

Du hast recht, der ist tatsächlich sehr gut.

6.

Das Kerzenlicht hatte den Tag vertrieben und warf tänzelnde Schatten an die Wand der Loggia, an der sich die Klematis emporrankte.

Warum sind wir dann überhaupt hingefahren? Warum wolltest du es sehen, dieses Haus?

Der Wein war zur Neige gegangen, die Geräusche der Straße nahezu verstummt. Die Sommernacht umhüllte auch den, der sich eine Zigarette drehte, den, dem es an nichts mangelte an diesem Abend und in diesem Leben.

Du wolltest doch unbedingt hin, richtig? Du hast doch den Termin mit der Maklerin gemacht, oder?

Aber du bist derjenige, der immer sagt, du müsstest dein Geld anlegen. In Sicherheit bringen.

Schatten tanzten auf den Falten, die sich in seinem Gesicht eingegraben hatten. In einem Gesicht, das man markant hätten nennen können. Für sie aber war es nur ein Gesicht. Ohne Attribute. Sein Gesicht.

Ja, sagte er. Genauso ist es.

Warum willst du dann nicht in dieses Haus investieren? Immobilien sind eine sichere Geldanlage, sagst du doch immer.

Das sind sie auch. Aber auch eine sichere Investition darf kein Klotz am Bein sein. Wenn ich das Geld anlege, will ich auch einen Gegenwert sehen, in diesem Fall ein Mehr an Lebensqualität, keinesfalls ein Mehr an Stress. Davon habe ich nämlich schon genug. Ich will meine Entscheidung nicht bereuen müssen. Auf gar keinen Fall. Ich habe nämlich hart für das Geld gearbeitet. Verstehst du das? Sehr hart und sehr viel. Das weißt du.

Ja.

Klar ist, wenn ich die ganzen Euros weiter ohne nennenswerte Zinsen auf der Bank rumliegen lasse, ist es nur eine Frage der Zeit, bis die Merkel und ihre Lakaien alles nach Griechenland, Spanien, Italien, Zypern oder weiß ich wohin verschachert haben. Irgendwann ist alles weg. Futsch. Erledigt.

Dann gucke ich in die Röhre und diese tumbe ehemalige FDJ-lerin faltet ihre Hände zum Dreieck und macht: Ups! Denen kann man doch nicht trauen. Nicht von hier bis um die Ecke. Denen nicht und den Banken sowieso nicht. Wenn du denen traust, bist du früher oder später auf jeden Fall verraten und verkauft. Verloren bist du dann.

Sie sah ihn kaum mehr in ihrer Dunkelheit hoch über den Dächern seiner Stadt. Sie wollte ihn auch nicht sehen. Musste es nicht, um zu wissen, wie sich sein Gesichtsausdruck gerade veränderte. Zu gut kannte sie diesen Vortrag. Er machte sie müde. Er lähmte sie.

Machst du uns Musik an? Fragte sie ohne Hoffnung, ihn bremsen zu können.

Gleich.

Der halbherzige Versuch war missglückt.

Weißt du, ich würde so gerne mal einen vernünftigen Vorschlag von dir hören, anstatt mich von dir in Gott verlassene Gegenden schleppen zu lassen, um irgendwelche Häuser zu besichtigen, die wir auf keinen Fall kaufen werden. Sinnlos ist das. Sinnlos und kein bisschen zielführend. Verstehst du, was ich meine? Wir haben ein Problem zu lösen und da kommen wir mit deinem Sahne-Butter-Quatsch ganz bestimmt nicht weiter. Begreifst du das?

Aber immerhin hatten wir einen schönen Tag. Das war doch ein schöner Ausflug, oder? Wir haben uns einen schönen Tag gemacht. Das war er doch, der Tag – einfach schön. Findest du nicht auch?

Ein weiterer Versuch, der missglücken würde.

Unser Problem, Schatz, besteht zurzeit ganz bestimmt nicht darin, dass wir uns öfter schöne Tage machen müssten.

Er erhob sich und ging ins Wohnzimmer. Gleich darauf blendete sie der Lichtstrahl der Stehlampe und sie hörte, wie er eine CD aus dem Regal nahm. Gesichtslose Lounge-Musik. Wie im Kaufhaus. Wie in einer Arztpraxis. Wie in einem Foyer oder in einem Fahrstuhl. Gesichtslose Akkorde für all die gesichtslosen Plätze dieser Welt. Sie hasste es und hörte ihn weiter reden. Wahrscheinlich würde er dabei eine neue Flasche des alten Rotweins öffnen. Auf einem Bein steht es sich schließlich schlecht. Nicht wahr, Schatz?

Es ist immer das Gleiche. Hörte sie ihn dozieren.

Wir haben einen sechsstelligen Betrag zusammengearbeitet und brauchen eine Idee, was wir damit machen. Weltwirtschaftskrise. Schon mal gehört? Und du kommst mit Ideen wie Haus in der Pampa, Porsche kaufen oder Kreuzfahrt. Weltreise. Mannomannomann. Du bist wirklich ziemlich naiv. Oder wie war das neulich? Gold kaufen und im Keller verstecken? Ist ja in Ordnung, wenn dich unsere Finanzen nicht besonders interessieren, aber ich kann doch wohl von meiner Ehefrau erwarten, dass sie sich ein bisschen bemüht. Nur ein klitzekleines bisschen. Du bist doch diejenige, die das Heulen bekommen wird, wenn die Merkel endlich alles verzockt hat. Dich möchte ich dann mal sehen. Dann ist es nämlich aus mit schicker Eigentumswohnung, Geländewagen, teurer Kosmetik und dem ganzen Zeug, das du ja sehr wohl zu schätzen weißt, meine kleine Diva. Oder dein Frisör. Von dem, was du monatlich dahinträgst, kann wahrscheinlich eine vierköpfige Familie leben. Das bist du doch – eine kleine Diva, oder? Meine kleine Diva. Ja, das bist du.

Die Worte zogen an ihr vorbei, streiften die Klematis und verabschiedeten sich im flackernden Kerzenlicht Richtung Firmament. Wie Seifenblasen zogen sie in die Höhe. Vielleicht platzten sie dort. Vielleicht führte das Mondlicht sie auch in die Unendlichkeit. Hinter ihr ein Klirren. Er hatte den Korkenzieher heftiger als nötig in die Schublade zurückgelegt. Über ihr die Worte wie Blasen.

Manchmal schlug die Hand auf ihre nackte, weiße, verletzliche Haut, bis sie brannte. Gerötet unter den Schlägen, brennend. Vorsichtig schlug sie, diese Hand, planend, durchdacht, behutsam, manchmal klatschend, manchmal klopfend. Die Hand beherrschte die Klaviatur der Gewalt, die

Tonleitern der Züchtigung. Die Hand schlug zärtlich und klug. Die Hand schlug systematisch. Die Hand schlug nie dort, wo die Spuren nicht durch Kleidung hätten verdeckt werden können. Die Hand wusste genau, was sie tat. Die Hand hatte Phantasie und Unbarmherzigkeit. Die Hand kannte keine Gnade. Und später, wenn beide Hände die Augenbinde entfernt hatten, konnte sie sehen, was die Hand auf ihrer bleichen Haut angerichtet hatte. Das röteste Rot brannte sich tief in ihre Augen. Und in ihre Seele. Falls sie noch eine hatte. Selten fand die Hand ihr Gesicht, noch seltener streichelte sie. Wenn sie es tat, dann mit zerstörerischer, falscher Unschuld. Unbeholfen.

Ja. Antworte sie. Ich bin deine kleine Diva. Natürlich.

Ob er es tief im Schlund seiner Luxus-Wohnung hatte hören wollen, wusste sie nicht. Auf eine Antwort hoffte sie vergebens. Zu hoffen, war meistens vergebens. Eigentlich immer.

7.

Ihr Bett war weich und roch gut. Nicht nach Vanille, aber nach ihr. Und sie schmiegte sich tief in die Kissen, drückte ihr Gesicht in den Duft und erwartete Schlaf, diesen kleinen Bruder des Todes.

Sie wartete, geborgen und behütet und sicher. Sie wartete. Er las.

Also, sagte er in die Stille und in den trügerischen Frieden der gemeinsamen Jahre des Wartens.

Ich rufe dann morgen die Maklerin an und werde ihr mitteilen, dass wir kein Interesse an dem Haus haben. Und ich werde ihr bei der Gelegenheit auch gleich sagen, dass wir keinen Wert auf weitere Angebote legen. Begründung: keine. Und ich möchte auch nicht, dass du nochmals derartige Aktionen startest. Ich zumindest habe nicht vor, meine knappe Freizeit damit zu verplempern, wegen Nichts durch die Lande zu reisen. Haben wir uns verstanden?

Ja. Atmete sie in ihr Kissen.

Und ich habe mich entschlossen, mich nochmals fachkundig beraten zu lassen. Es wird wohl irgendjemanden geben, der firm genug in Geldgeschäften ist und mir unabhängig von eigenen Interessen zu einer vernünftigen Anlageform raten wird. Kalkulierbares Risiko, ausreichende Rendite. Das kann ja wohl nicht so kompliziert sein. Oder?

Sie wusste, jeder Versuch, sich schlafend zu stellen, wäre zum Scheitern verurteilt. Er hatte solche Versuche noch nie geduldet.

Ja. Gute Idee. Mach das.

Sie spannte ihren Körper an. Erwartungsvoll und ängstlich. Nicht auf Schlaf, aber auf Ruhe hoffend. Um Ruhe bangend.

Er las weiter, wie es ihr schien. Er sprach nicht, blätterte aber die Seiten mit großer Entschlossenheit um. Sie wusste nicht, was er las. Eigentlich wusste sie wenig von ihm.

Sie wusste aber, dass er sich bereits viele Male hatte beraten lassen. Wusste, dass die Unterlagen, Ausdrucke, Tabellen, Kalkulationen dieser Beratungen mittlerweile einen dicken Aktenordner füllten. Wusste auch, dass er keine der Empfehlungen akzeptiert hatte oder jemals akzeptieren würde. Wusste, dass er niemandem traute, nicht einmal sich selbst. Wusste, dass er auf der Suche nach einer optimalen Lösung auf ewig im Suboptimalen stecken bleiben würde. So war er. Ja, so war er. Das zumindest wusste sie.

Und drückte, weiter um Ruhe bangend, ihr Gesicht tief in die Kissen, die nicht nach Vanille rochen.

Gehorsam. Fügsam. Unterordnungsbereit. So sollten Kinder sein. Oder Hunde. Demütig. Nonnen. Nonnen oder Mönche müssen demütig sein. Demut. Kein Wert an sich, keine Tugend. Demut. De-Mut. Mut. Mut ist eine Tugend, die sie nicht kannte. Stärke, Wehrhaftigkeit, Wahrhaftigkeit. Nichts davon kannte sie. Sie lag da, nackt und gefesselt. Ein Opfer. Geopfert auf dem Altar fehlender Tugenden und entschwundener Werte. Einem namenlosen Götzen geopfert. Einem Götzen, der keine Barmherzigkeit kannte, dem Gnade fremd war und immer sein würde. Einem Götzen, dessen Hunger unstillbar war, der Unterordnung verlangte und Kraft fraß, der von fehlenden Tugenden lebte. Der sich an ihr und ihrer Ohnmacht labte. Einem Götzen, der immer stärker und mächtiger und gieriger wurde, der unbezwingbar war.

Sie drückte ihr Gesicht tief in die Kissen und spürte, wie die Hand nach ihr griff.

II.

8.

Seite an Seite folgten sie dem Ufer des Flusses. Sie gingen langsam, bedächtig, sie hatten Zeit. Alle Zeit der Welt, wie es schien, und der Fluss begleitete sie mit seinem braunen, schlammigen Wasser gemächlich, weise und geduldig. Mücken malten Tanzfiguren in die warme Luft und wollten glauben machen, der Tag sei perfekt.

Man kann nicht zwei Mal in den gleichen Fluss steigen. Sagte sie.

Nein, das kann man wohl nicht.

Sie schwiegen. Und dachten gemeinsam.

Der Nachmittag war samtig und schön und fühlte sich richtig an. Nicht so perfekt, wie die Mücken vorgaukelten, aber sehr richtig.

Die größere der beiden Frauen, die schlankere, fast hagere, die mit den dunklen, lockigen Haaren, die mit der Jeans und dem T-Shirt, blieb stehen, führte zwei Finger zwischen ihren Lippen zusammen und pfiff energisch-schrill.

Komm, Paul. Hierher. Hiiieeerher! Zu mir!

Und Paul, der ehemalige ungarische Straßenköter, schoss aus dem Unterholz der Uferböschung hervor und trabte an der Seite der beiden Frauen weiter. Nase am Boden. Versunken in einer anderen Welt, in diesem Geschenk, das sich so sehr von seinem früheren Leben unterschied.

Du musst ihn nachher nach Zecken absuchen, sagte die Frau mit den raspelkurzen hellblonden Haaren.

Ja. Ich weiß.

Sie gingen und dachten weiter und schwiegen mit dem Fluss, den Mücken und mit Paul.

Er tut dir nicht gut, sagte die Dunkelhaarige schließlich. Er tut dir einfach nicht gut.

Ja, ich weiß.

Paul ließ sich auffallend unauffällig zurückfallen, sein hellbraunes Fell verschmolz mit dem sandigen Untergrund. Ungarn war weit weg, er wollte sich nicht erinnern und konnte es auch nicht. Er war ein Überlebender, der hoffte, sein Trödeln bliebe unbemerkt.

Was, glaubst du, würdest du tun, wenn du auf einen Wolf treffen würdest? Im Wald zum Beispiel. Hast du eine Idee, was du dann machen würdest?

Lenk nicht ab, erwiderte die andere. Hey, Paul, komm schon! Komm hierher. Er tut dir überhaupt nicht gut.

Ja, ich weiß.

Der Hund überholte die beiden Frauen in entspanntem Galopp, die Nase lesend am Boden.

Daran hätte auch das Haus nichts geändert. Das weißt du doch, oder?

Ja, ich weiß. Murmelte sie leise und lief los.

Komm, wir jagen Paul. Komm, los, schnell, lauf. Komm doch! Sie lachte hell und rannte so schnell sie konnte.

Wie ein Kind, dachte die andere. Sie ist wie ein widerspenstiges Kind. Hilflos, bedürftig, aber widerspenstig. Wie kann sie nur so kindisch sein? So trotzig? Und so ganz und gar unbekümmert.

Und dann lief auch die schlanke Dunkelhaarige los, ihr hinterher. Sie fanden Paul hinter einem dicken Baumstamm. Er lachte sie an. Oder aus.

9.

Sie saßen im Gras der Uferböschung und warfen abwechselnd kleine Steine ins Wasser. Pling. Pling. Plang. Konzentrische Kreise verloren sich in der braunen Brühe des Flusses, in den man nicht zwei Mal steigen konnte. Paul lag neben der hageren Frau mit den dunklen, gelockten Haaren, sein Kopf ruhte auf ihrem Oberschenkel, die halb geschlossenen

Augen wachsam, die Ohren spielten Radar. Es ging ihm gut in diesem geschenkten Leben, weit entfernt vom gnadenlosen Überlebenskampf in irgendeiner ungarischen Kleinstadt. Paul hatte es geschafft.

Los – wer am weitesten werfen kann.

Kümmerliche Versuche. Sie lachten und Pauls Ohren zuckten leicht.

Sie lachten, aber es klang nicht fröhlich. Es klang falsch und lud niemanden zum Mitlachen ein.

Was hast du also vor? Was willst du tun?

Tun? Was meinst du?

Mit ihm. Natürlich meine ich ihn.

Nichts. Ich werde gar nichts tun. Was denn auch?

Willst du ewig so weitermachen? So leben?

Ja. Das will ich. Für ewig und für immer. Ich werde so weitermachen.

Pling. Pling. Plong.

Warum? Sag mir, warum.

Pling.

Los, noch mal. Wer am weitesten werfen kann.

Hör auf damit. Sie griff nach der Hand der anderen, zuckte aber zurück und vermied es, ihr in die

Augen zu sehen. Ich will wissen, warum. Erklär es mir.

Paul witterte etwas, stand auf, folgte einige Meter etwas Unsichtbarem und wälzte sich dann genüsslich im Gras. Über ihm die Mücken.

Warum macht er das bloß? Sieht aus, als wolle er sich irgendwie … einparfümieren vielleicht? Lustig, oder? Dieser verrückte Köter!

Beide Frauen schwiegen das Wasser, den Hund, die Steine, die Mücken und den sonnendurchfluteten Nachmittag an. Die Dunkelhaarige hielt einen Kieselstein fest umschlossen, warf ihn nicht weg, spürte seiner uralten, glatten Rundung nach, seiner Geduld.

Er lässt mich mein Leben so leben wie ich es will. Sagte die andere schließlich viel zu leise. Man verstand sie kaum.

Ich habe nichts auszustehen, fuhr sie fort. Ich kann meine Bilder malen oder eben nicht. Ich kann an einem solch herrlichen Nachmittag mit meiner besten Freundin am Wasser sitzen und niemanden stört es. Keiner macht mir Vorschriften. Ich habe keine Geldsorgen, keine Verpflichtungen, er lässt mich sein, wie ich sein will. Wie ich bin. Verstehst du das? Das musst du doch verstehen. Du kennst mich doch.

Der Blick der Dunkelhaarigen ins Wasser war ausdruckslos und der Stein in ihrer Hand wog schwer. Kannte sie die Frau wirklich?

Ich wohne in einer schicken Wohnung. Ich fahre ein großes Auto, ich war auf den Malediven. Ich fahre Ski in den Schweizer Alpen. Wenn ich ins Konzert gehen möchte, gehe ich. Wenn ich neue Klamotten haben möchte, kaufe ich sie mir. Keiner kontrolliert die Abrechnungen meiner Kreditkarte, keiner stellt mir Fragen, Beschränkungen kenne ich nicht. Ich habe ein eigenes Atelier. Ich habe einen Mitgliedsausweis vom besten Fitnessclub der Stadt. Was brauche ich mehr? Ich führe ein Luxusleben, ein absolutes Luxusleben. Mir fehlt es doch an nichts.

Und der Preis?

Ach, der Preis! Alles kostet. So ist das eben. Was ist denn mit dir? Du zahlst doch für deine hochgelobte Unabhängigkeit auch einen Preis, oder? Erzähl mir nicht, dass es dir immer nur Spaß macht, jeden Tag die idiotischen Manuskripte von idiotischen Autoren zu lesen. Wieder und wieder, Tag für Tag. Der Verlag hinten, der Verlag vorne, Lektorenkonferenz, Vertreterkonferenz, es ist doch immer das gleiche, jahrein, jahraus, oder? Du hast einen nervigen Chef und Kolleginnen, die du nicht ausstehen kannst. Und ich habe eben einen Ehemann, mit dem es nicht immer leicht ist. Jeder zahlt seinen Preis. So ist das halt.

Ich bitte dich, das kann man doch nun wirklich nicht miteinander vergleichen.

Die Frau mit den raspelkurzen Haaren ließ sich zurückfallen ins staubige Gras, verschränkte die Arme hinter ihrem Kopf und blinzelte in den Nachmittagshimmel, unter dem die Mücken immer noch tanzten.

Das muss man sogar miteinander vergleichen, wenn man in diesem Leben und in dieser Welt nicht völlig durchdrehen will. Sie lachte. Und es klang eine Spur zu laut, eine Spur zu bitter, dieses Lachen, das zu den Mücken emporstieg und mit ihnen zu tanzen begann.

So, ich muss los. Komm, lass uns gehen.

Sie standen auf, Paul folgte träge.

Na komm, Hund, lauf. Lange genug ausgeruht. Eine Hand berührte flüchtig die hellbraune Flanke. Du bist ganz dreckig.

Sei froh, dass er nicht baden war. Dann würde er auch noch stinken.

Mein Hund stinkt nicht. Nie.

Sie gingen den Weg am Flussufer zurück Richtung Parkplatz. Ein Kieselstein versteckte sich weiter in einer warmen, weichen Hand und schmeichelte ihr.

Nein, man kann es nicht miteinander vergleichen. Ich bin nämlich nicht so abhängig wie du, nicht so sehr auf jemanden angewiesen, nicht so erpressbar. Sagte sie und hielt den Stein noch ein wenig fester. Er bekam kaum noch Luft.

Ach nein, du bist also nicht abhängig? Soll ich dir mal sagen, wovon du abhängig bist? Du bist abhängig von deinem monatlichen Gehaltsscheck, also vom Verlag. Du bist abhängig von den Launen deines Vermieters, von denen deines Kundenberaters bei der Bank, wenn du einen Kredit brauchst. Ist doch so, oder? Nur weil du alleine lebst und außer für Paul für niemanden zu sorgen hast, heißt das noch lange nicht, dass du unabhängig bist. Oder frei. Mach dir doch nichts vor. Du zahlst genauso wie ich einen Preis für das Leben, das du führst. Und zu deinem Preis gehört auch, dass du eine schrottreife Mühle fährst und nicht mal eben auf die Bahamas jetten kannst, wenn dir danach ist. Ehrlich gesagt, kannst du dir überhaupt nichts Vernünftiges leisten, weil du für deinen supertollen Nine-to-five-Job, der dir ja ach so viel Unabhängigkeit beschert, nämlich beschissen bezahlt wirst. Und falls mal irgendwas Besonderes anliegt, kannst du deinen Chef auf Knien um einen freien Tag anbetteln, der dir dann vom Urlaub abgezogen wird. Wenn du ihn denn bekommst. Ansonsten kannst du sehen, wie du zurechtkommst. Der Verlag geht doch immer, immer vor. Und wo du bleibst, interessiert keinen Menschen. Außer mich natürlich. Du und nicht abhängig sein – ich lach mich tot!

Die andere, die hagere, hielt den Blick gesenkt, den Stein fest und schien in Kiesel, Grashalme, Blätter vertieft.

Aber weißt du was? Ich habe dich trotzdem lieb.

Die Blonde knuffte sanft gegen den schmalen Oberarm neben ihr.

Na los, lach mal.

Die andere schwieg und blieb Antwort und Lachen schuldig.

Treffen wir uns morgen auf einen Gang mit Paul?

Mal sehen. Sagte die Freundin. Mal sehen. Abweisend klang es nicht.

Trotzdem schade, das mit dem Haus. Fügte sie hinzu. Wirklich schade für dich.

Ja, schade. Sagte die blonde Frau mit den raspelkurzen Haaren und betrachtete ihre Fingernägel, an deren Rändern der Lack begann, abzublättern. Sie würde sich heute noch darum kümmern müssen.

III.

10.

Wie war dein Tag?

Er trug noch seine dunkelblaue Anzugshose, während er die Tageszeitung flüchtig durchblätterte. Sakko und Krawatte lagen achtlos über einem der Küchenstühle, die eher an Kunstobjekte erinnerten. Sie luden zu nichts ein, nur zum Staunen oder zum Neid, auf keinen Fall zum Bleiben. Dafür waren sie nicht gemacht, diese Stühle. Er blätterte die jungfräuliche Zeitung durch, ohne deren Inhalt zu verstehen, und stellte ihr die obligatorische tägliche Frage, ohne eine Antwort hören zu wollen.

Wie war dein Tag?

Sie nahm einen blankpolierten, grellgrünen Apfel aus der Schale und umfasste ihn sanft, streichelte und hielt ihn und dachte an die Kieselsteine am Flussufer.

Gut. Gut war er. Ich war im Atelier. Ich habe gearbeitet.

Gearbeitet. Aha. Und – wie läuft`s?

Gut. Ja, wirklich. Gut läuft es. Sehr gut.

Aha.

Sie biss in den Apfel und das Knacken des Fruchtfleisches erschien ihr obszön. Gänsehaut-obszön und viel zu laut. Die gepflegten, leicht gebräunten, sehnigen und sehr schlanken Hände, die die Zeitung hielten, blieben jedoch ganz ruhig und kein Muskel zuckte in dem vertrauten Gesicht, dessen Halbprofil ihr zugewandt war.

Und wie war es bei dir?

Er faltete die Zeitung zusammen und legte sie beiseite.

Wieder nur Mist. Jeden Tag steht der gleiche Mist drin. Bestell die Zeitung doch endlich mal ab. Mich nervt sie und du liest sie doch sowieso nicht. Ich habe wirklich keine Lust mehr, denen das Geld in den Rachen zu schmeißen. Wo bleibt denn da die Gegenleistung?

Er stand auf und küsste sie flüchtig auf die Stirn, ohne den feinen Salzgeruch ihrer Haut wahrzunehmen, ihren Schweiß zu schmecken.

Schön, dass du wieder malst. Wirklich schön. Ich gehe mal eben ins Bad. Und morgen schickst du bitte eine kurze Mail an die Zeitung wegen der Kündigung des Abos. Aber nicht wieder vergessen!

Manchmal, wenn sie auf dem Altar fehlender Tugenden und entschwundener Werte geopfert wurde, manchmal, wenn sie ihren Körper verließ und ihre Gedanken auf die Reise schickte, hörte sie das klickende Geräusch eines Plastikfeuerzeugs hinter der schwarzen Binde, die ihren Augen das Sehen untersagte. Immer umspielte sie kurz darauf das tödliche Aroma der Zigarettenglut. Und an ganz wenigen, aber ganz besonderen Tagen spürte sie die Nähe, die Wärme, die Hitze, die Verderbtheit der Glut. Ganz nahe. Näher. Noch näher. Und da. Das waren die Tage, an denen sie schrie. Lauter als sonst.

Sie hörte die Toilettenspülung. Sie wusste, er würde gleich zur Seife und zum Handtuch greifen. Sie wusste auch, er würde sich im Anschluss die Hände gründlich eincremen, streichelnd und zärtlich und sehr behutsam. Danach würde er ins Schlafzimmer gehen, um sich umzuziehen. Etwas Bequemes, Sportliches. Vielleicht sogar eine kurze Hose. Warm genug war es. Eine kurze Hose, die seine knochigen Knie nicht verdecken wollte. Ja, es war warm, also würde er eine kurze Hose und ein T-Shirt auswählen.

Und dann wiederkommen.

11.

Er saß in dem Korbsessel auf der Loggia, ganz dicht an der Wand, an der die Klematis emporrankte. Ein zarter, grüner Zweig schien sein Ohr berühren zu wollen, neckte ihn, stahl sich wieder davon.

Es war noch warm an diesem Sommerabend hoch über den Dächern der Stadt, die sie die ihre nannten. Unsere Stadt. Unsere Wohnung. Unser Leben, in dem es an nichts fehlte. Tabakbeutel, Feuerzeug und Aschenbecher neben ihm auf dem kleinen Tisch. Kein Wein. Er blätterte in einem Hochglanzmagazin, eines mit vielen Worten und wenigen Bildern, eines von denen, die sich gut machten auf dem Beifahrersitz seines Geländewagens. Eines von denen, die man in den 1.-Klasse-Großraumwagen der ICEs gerne den Mitreisenden präsentierte. Man muss immer am Ball bleiben, sagte er gerne. Information ist alles heutzutage. Wissen ist Macht. Das war früher so, das ist heute so und das bleibt auch so. Macht.

Bringst du mir ein Glas Wasser, Liebes?

Sie reichte es aus der Küche in die sehnige Hand, die sich dem Raum und ihr entgegenstreckte. Er sah nicht auf. Sie sah nicht hin und räumte dann weiter die Spülmaschine aus.

Er trank einen großen Schluck, gierig oder durstig, doch auch das sah sie nicht.

Ich habe heute die Maklerin angerufen und abgesagt.

Ja. Gut.

Sie polierte die Rotweingläser nach, an denen bald wieder ölige Kirchenfenster entstehen würden.

Ich sollte sie besser gleich mit der Hand abspülen, dachte sie. Das wäre bestimmt besser. Die Maschine tut ihnen nicht gut, das hatte der Verkäufer gleich gesagt. Nicht in die Spülmaschine. Niemals. Nein, niemals, ganz bestimmt nicht, hatte sie geantwortet und sich nicht daran gehalten. Versprochen ist versprochen und wird auch nicht gebrochen. Oder eben doch. Nichts war gut.

Warum kaufen wir kein Boot? Sagte sie und bereute es sofort.

Ein Boot? Bist du jetzt völlig verrückt geworden? Von allen guten Geistern verlassen? Er blickte auf und sah sie an. Sie stand neben der Spülmaschine, hielt ein rot-weiß-kariertes Geschirrtuch in der einen, ein Rotweinglas in der anderen Hand. Er sah ein kleines Mädchen mit raspelkurzen hellblonden Haaren, frisch lackierten Fingernägeln und großen Augen und ein seltsames, flüchtiges Gefühl überkam ihn, das man vielleicht Zärtlichkeit hätte nennen können. Aber Namen für Gefühle hatte er nicht.

Ein Boot, Liebes, ist unglaublich teuer. Außerdem müsste ich dann zunächst einen Bootsführerschein machen. Oder willst du das etwa übernehmen? Dir fällt es doch schon schwer, rechts und links voneinander zu unterscheiden. Und ich? Wann soll ich das denn bitte noch erledigen? Glaubst du allen Ernstes, ich setze mich nach der Arbeit hin, um Fragebögen auswendig zu lernen? Und überhaupt – wir bräuchten einen Liegeplatz, das Schiff müsste da irgendwie hingebracht werden, und dann wieder zurück ins Winterquartier. Und wenn ich deinen Geographie-Kenntnissen mal ein wenig auf die Sprünge helfen darf: Bis zum nächsten Meer sind es gute 400 Kilometer. Oder nimmst du etwa an, ich hätte Lust, auf einem winzigen Binnensee rumzuschippern? Nie im Leben! Boot! Also wirklich, du kommst aber auch auf Ideen.

Das Mädchen, das er gerade gesehen hatte, trat hinaus auf die Loggia.

Als wir auf Rügen waren, haben wir doch das Ehepaar aus Süddeutschland kennengelernt, die das Hausboot hatten. Die Leute haben es doch auch hingekriegt. Und erinnerst du dich an ihren netten Hund, der Bootsmann hieß? Der braune Labrador? Ich hätte auch so gerne einen Bootsmann.

Eine schlanke Hand griff Richtung Tabak. Er seufzte.

Ich weiß nicht, wie diese Leute das hingekriegt haben, und es ist mir auch egal. Ich weiß aber noch sehr gut, wie du seekrank geworden bist, als wir bei absoluter Windstille mit der Fähre zur Insel Vilm übergesetzt haben. Da ist ja ein Boot wirklich eine ganz besonders tolle Idee. Da kann ich ja dann wohl alleine mit rumfahren, wie es aussieht.

Tabakkrümel fielen auf die Terrakotta-Fliesen. Es schien ihn nicht zu stören. Sie hasste es.

Und wenn dir so viel an einem Hund liegt, hättest du eben keinen Mann mit Hundehaarallergie heiraten dürfen, stimmt`s? Warum bist du nur immer so kindisch, wenn es um das Thema Geld geht? Kindisch und völlig unrealistisch. Weltfremd. Absolut weltfremd. Sagte er und es klang nicht böse. Es klang resigniert.

Seine Zunge glitt rasch am Zigarettenpapier lang. Falten. Fertig. Feuerzeug. Klick.

Die Frau, die eben noch ein Mädchen war, ging zurück in die Küche und stellte das nun streifenfrei trockene Glas zurück in den Schrank.

Die Zigarettenglut konnte Linien und geometrische Muster auf ihre schutzlose, weiße, milchige Haut zeichnen, wenn die Hand es zuließ. Gerötete Linien. Und wenn die Glut sie küsste, überflutete sie brennender, wogender Schmerz und hinterließ einen schwachen Punkt auf hilflos Dargebotenem. Mit dem Auge kaum wahrnehmbar, aber hitzig zu spüren bis in den letzten Winkel ihres gequälten Selbst, ihrer Scham. Kleine, rote Punkte an versteckten Stellen, ein Feuerball, für Dritte unsichtbar, für sie allgegenwärtig. Rot, rosa, grau-rosa, grau, silberschuppig. Immer da. Auf immer und ewig. Ein Souvenir der Kränkung, ein Gemälde der Ohnmacht, Marken des Verfalls, Mahnmale fehlen-

der Tugenden und entschwundener Werte, makellose Narben auf ihrer Haut. Unauslöschbar.

Bootsmann, dachte sie, ist wirklich ein schöner Name für einen Hund.

12.

Am frühen Nachmittag des nächsten Tages kam sie nach Hause. Sie trug schwer an der Last einer vollgepackten Einkaufstüte und eines halbleeren Lebens, als sie die 96 Treppenstufen hinaufstieg, statt den Fahrstuhl zu benutzen. Sie ging langsamer als notwendig, es galt, Zeit zu verbringen. Irgendwie.

Sie war wie jeden Morgen mit ihm aufgestanden, hatte ihn verabschiedet und dann den Kaffeevollautomaten gebeten, ihr eine Latte Macchiato zu schenken, damit der Tag erträglicher werde. Nach dem Duschen - warm, heiß, heißer, niemals kalt, auch nicht im Sommer, viel zu ausgiebig, unnötig lange, was galt es abzuspülen von dieser weichen Haut? – hatte sie sich angezogen und war in die Stadt gefahren. Einkaufen. Irgendwas. Das Frühstück hatte sie vergessen. Sie vergaß es jeden Tag.

Ihr Weg hatte sie von einer Boutique in die nächste geführt. Ihre Blicke auf Pullover, Röcke und Sommerstiefel waren desinteressiert, gelangweilt, kein Wunsch zu jagen und zu gewinnen. Brauchen Sie etwas Bestimmtes? Nein, ich brauche gar nichts, hatte sie zu der Verkäuferin gesagt und deren Missbilligung gespürt. Es ging nie ums Brauchen.

Kann ich etwas für Sie tun? Brauchen Sie Hilfe? Ja, ich brauche Hilfe. Nein, Sie können nichts für mich tun. Hier hatte sie keine Missbilligung, sondern eine belustigende Mischung aus Verunsicherung und Ungläubigkeit geerntet. Gewandet in Kleidergröße 32. Sie hatte gelächelt, als sie den Laden verließ. Und lächelte immer noch, als sie sich an einem Straßenstand Obst in eine Tüte packen ließ. Ananas, Mango, Melone, Kiwi, Papaya. Und schließlich einen Granatapfel. Punica granatum. Der dunkelhäutige, alte Verkäufer legte ihn zunächst direkt in ihre Hand. Und für einen kleinen Moment war sie Aphrodite.

Ziellos war sie die Einkaufsstraße entlanggegangen, die durch die Last der Früchte so schwere Plastiktasche schlug gegen ihre Beine, der Griff schnitt in ihre Handfläche. Ja, ich brauche Hilfe.

Sie hatte sich ein Eis gekauft. Es schmeckte nicht. Zu einem schönen Sommermorgen gehört ein Eis, hatte sie gedacht. Es schmeckte nicht, war klebrig, herzlos und kühl, und die Schokoladenpulver-Milch-Zucker-Mischung war geschmolzen und hatte eine kleine, bräunliche Spur auf ihrer weißen Bluse hinterlassen. Sie hatte an sich hinabgeblickt und war nicht länger Aphrodite, nachdem sie ihre

Hand und die Eiswaffel abgeleckt hatte. Wie ein kleines Mädchen.

Ziellos. Ihre Ziellosigkeit hatte sie schließlich zurück in die Tiefgarage geleitet, ohne dass sie es bemerkt hatte. Und ohne sich dagegen wehren zu können oder zu wollen, zog ihre Ziellosigkeit sie weiter.

13.

Sie hatte ihre Handtasche und die Tüte mit dem Obst im Auto gelassen und nur den Schlüssel mitgenommen. Man musste die schwergängige Tür kräftig an sich heranziehen, um sie öffnen zu können. Nachdem sie hineingegangen war und die Tür wieder hinter sich zugeworfen hatte, sah sie sich um in diesem ehemaligen Eckladen, den er ihr schon vor langer Zeit angemietet hatte. Günstige Lage, günstige Konditionen, steuerlich absetzbar. Die ideale Lösung, wie er gesagt hatte. Meine Frau, die begabte Malerin mit eigenem Atelier. Klingt gut. Das hatte er auch gesagt. Grinsend. Vielleicht stolz, ganz bestimmt nicht glücklich.

Sie hatte sich auf einen Klappstuhl gesetzt und ihr Atelier bestaunt. Leere Farbtuben, leere Leinwände, leere Gläser, einige Pinsel und lähmende Ideenlosigkeit hatten sie angestarrt, sie, wie sie dagesessen hatte mit ihren leeren Augen und ihrer bekleckerten

Bluse. Ein gerahmter Kunstdruck starrte von der Wand zurück. Sie hatte längst vergessen, warum er dort hing. Eine Staffelei trotzte der abgestandenen Luft und schwieg sie an. Die Musikanlage schwieg mit. Die kleine Küchenzeile duckte sich ins Eck. Die Toilettentür, geschlossen, verbarg, was kein Geheimnis war. Alte Zeitungen, ein dickes Buch über Kunstgeschichte, ein MoMA-Katalog. Beides unberührte Dekoration in einem Raum, der ihrer nicht bedurfte. Ein Arbeitskittel, grau, ohne Farbspuren. Ohne Lebensspuren. Schlaff und tot.

Ihr Atelier. Ihr Freund. Ihr Atelier. Der beste Feind, den sie je hatte.

Schließlich hatte sie nach einem Bleistift und ihrem Skizzenblock auf der Arbeitsplatte gegriffen, Graphit verteilte sich in feinen Strichen und ließ überraschend schnell die Silhouette eines Granatapfels entstehen. Ja, die Zeichnung hatte es verstanden, sie zu überraschen.

Fast erschrocken hatte sie den Block auf die schwere Holzplatte zurückgeworfen. Wann war er eigentlich das letzte Mal hier? Hatte sie sich gefragt. Sie konnte sich nicht erinnern. Wann habe ich das letzte richtige Bild gemalt? Auch das fragte sie sich. Und auch daran konnte sie sich nicht erinnern.

Was würde sie sagen, wenn jemand herein käme? Kann ich etwas für Sie tun? Brauchen Sie Hilfe? Suchen Sie etwas Bestimmtes?

Dann hatte sie sich in ihrem harten Klappstuhl zurückgelehnt, ihre Arme ausgebreitet und gelacht. Sie lachte ihn aus, diesen Feind, der sie anstarrte.

Bevor sie duschte, suchte sie ihren Körper nach Brandmalen ab. Begab sich auf Entdeckungsreise in ein Gebiet, das ihr so vertraut war. Und war immer wieder überrascht, das zu finden, was sie erwartet hatte. Dass da war, was da sein musste. Silberschuppige Male in ihren Achselhöhlen, an der Innenseite ihrer Schenkel. Ganz dicht an ihrem Schamhaar. Gut versteckt. Ganz klein. Nahezu unsichtbar. Sie zählte sie nie. Auch wenn sie die stummen Zeugen ihrer Ohnmacht mit Ringelblumensalbe tröstete, zählte sie sie nie. Aber sie weinte. Jedes Mal weinte sie.

Sie war aufgestanden und hatte das Atelier verlassen. Ohne Eile, ohne Wut, ohne Lachen. Sie wusste, sie würde nach Hause fahren. Sie wusste, sie würde zurückkehren in diese Leere. Sie konnte nicht anders. Auf immer und ewig. Ewig und immer. Bis dass der Tod uns scheidet.

14.

Zunächst aber wollte sie nach Hause. Es war früher Nachmittag und er würde noch nicht da sein. Sie hätte die Wohnung für sich und niemand würde sie anstarren.

Eine kurze Autofahrt und 96 Treppenstufen später stellte sie die Plastiktüte auf den Küchentisch. Die Honigmelone rollte heraus und fiel schwer auf den Boden. Während sie sich nach ihr bückte, fiel ihr Blick ins Wohnzimmer. Er saß auf dem Teppich vor dem Sofa. Er trug seinen dunkelblauen Anzug. Und er weinte.

IV.

15.

Paul hatte einen Stock gefunden und verteidigte ihn unerschrocken gegenüber seiner Freundin Alma, einer Shar Pei Hündin aus bester Familie. Sie kläfften und knurrten und zerrten und liebten sich auf ihre Art.

Shar Peis sind hässlich. Sagte sie zu der Dunkelhaarigen, die neben ihr stand. Ungehalten und ungeduldig neben ihr stand.

Ich mag diese Falten nicht. Nicht bei mir, nicht bei Hunden. Scherzte sie ernsthaft.

Beide Frauen, die Dunkelhaarige und die mit den raspelkurzen blonden Haaren, standen auf der Hundewiese abseits von Tieren und Menschen.

Es hatte geregnet, das Gras war feucht, die Erde roch intensiv nach Sommer und atmete Leben. Die größere der beiden Frauen, die schlankere, trug gepunktete Gummistiefel auf leicht gebräunter Haut. Die hellen Mokassins der anderen wollten durchweichen an diesem Nachmittag auf der Wiese in der Nähe des Flusses, in den man nicht zwei Mal steigen konnte, wie beide wussten. Es hatte geregnet, aber es war warm.

Sag, was los ist.

Hättest du gerne einen Shar Pei? Würde dir so einer gefallen?

Sag, was los ist.

Sind die eigentlich teuer? Was glaubst du?

Nun rede doch endlich. Der Ton wurde fordernder.

Es geht ihm schlecht. Richtig schlecht.

Warum? Fragte die andere. Was ist passiert?

Er ist nicht mehr Abteilungsleiter. Er ist seinen Job los. Die haben ihn degradiert.

Kein Kommentar von der anderen, von der, deren Beine in gepunkteten Gummistiefeln steckten. Von der, die trockene Füße hatte.

Du weißt ja, es gibt da ein paar Leute, die ihn nicht ausstehen können. Und die haben es jetzt eben geschafft, er ist ab sofort einfach nur noch Sachbearbeiter. Dritte Reihe sozusagen. Und deswegen ist er fix und fertig. Ich verstehe das nicht: Er verdient nicht weniger, er macht jetzt nur etwas anderes, aber für das gleiche Gehalt. Und vor allen Dingen: Er macht weniger. Keine Personalverantwortung mehr, keine Leitungsfunktion. Viel weniger Verantwortung. Er kann es ruhiger angehen lassen. Darüber könnte er doch froh sein. Ist er aber nicht. Er ist außer sich, schläft nicht, trinkt zu viel. Er ist so furchtbar … Wie soll ich das nennen? Gekränkt. Ja, er ist gekränkt und verletzt und sauer.

Immer wieder sagt er, er hätte doch alles richtig gemacht, er hätte sich schließlich über Jahre den Arsch aufgerissen. Zum Dank würde man ihn in denselben treten. Er ist wie in einer Dauerschleife, erzählt ständig das Gleiche. Verstehst du das? Wir haben doch weiter unser Auskommen. Ich begreife das nicht. Wirklich nicht. Oh Mann, ich habe schon ganz nasse Füße. Eklig. Hätte ich doch bloß andere Schuhe angezogen. Komm, lass uns mal ein Stück gehen. Paul, Paulemann. Komm mit. Wir laufen mal ein bisschen.

Paul balgte sich weiter mit Alma um den Stock. Versunken in den Ernst des Spiels. Vertieft in das Spiel mit vollem Ernst. Und Ungarn, wo es außer Ernst nichts gab, war sehr weit weg.

Die Frauen gingen Richtung Flussufer und das feuchte Gras quietschte seltsam provozierend unter den Sohlen gepunkteter Gummistiefel.

Na ja, er ist wahrscheinlich tatsächlich tief gekränkt. Er ist entmachtet. Die haben ihn an seiner empfindlichsten Stelle getroffen, seiner Gier nach Macht. Machtverlust erträgt er nicht. Wer wüsste das besser als du?

Wer wüsste das besser als du?

Die Frage erhob sich über ihre Köpfe und verband sich mit der feuchten Luft, dem Hundegebell, den

Vogelstimmen und dem Flüstern des Wassers zu etwas Unbeantwortbarem.

Wer wüsste das besser als sie.

16.

Ihre Wagen standen auf dem Parkplatz direkt nebeneinander. Die kleinere der beiden Frauen, die hellblonde, lehnte an ihrem und beobachtete, wie Pauls Pfoten einer gründlichen Reinigung unterzogen wurden.

Du bist ein kleines Dreckschwein, du alte Puszta-Ratte. Hörte sie die andere sagen und es war die tiefe Zärtlichkeit in diesen Worten, die sie beinahe zu Tränen rührte.

Was soll ich denn nun mit ihm machen? Hast du eine Idee? Wagte sie zu fragen.

Eine Idee? Komm, Paul, mach hopp, ab ins Auto. Aber zackzack.

Paul sprang, zackzack, die Heckklappe schepperte beim Zuschlagen und zwei braune Knopfaugen waren durch den Schmutz auf der Scheibe kaum zu erkennen.

Eine Idee? Ich glaube, du brauchst gar nichts zu machen. Warte einfach ab. Er wird bestimmt einen Weg finden, sich seine Macht zurückzuholen.

Ganz sicher. Gierig genug ist er. War er immer. Der kommt schon klar. Ganz bestimmt. Ich würde mir deswegen keine großen Sorgen machen.

Meinst du wirklich?

Ganz wirklich.

Sehen wir uns morgen? Auf eine kleine Runde mit dem Hund?

Mal sehen. Lass uns telefonieren.

Und die Dunkelhaarige stieg in ihren Wagen. Mit schlammbespritzten Gummistiefeln.

V.

17.

Es regnete wieder oder immer noch. Ein sanfter, tröstlicher Sommerregen. Warm, erfrischend, besänftigend. Die Stadt schlief und alle Geräusche schliefen mit ihr.

Die geöffnete Balkontür ließ nur den Geruch dieser Nacht in die Wohnung. Sie saßen am Küchentisch, auf wenig einladenden Stühlen, und hielten sich an den Händen. Blasse, durchscheinende, kleine Hände mit sorgfältig lackierten Fingernägeln hielten schlanke, gebräunte, gepflegte Hände fest. Vier Hände. Ein Knäuel, das nichts Tröstliches hatte. Sie hätte es nicht malen wollen, selbst wenn sie gekonnt hätte.

Sie hielten sich so an den Händen wie es Menschen in großer Verzweiflung tun. Oder in großer Vertrautheit. Manchmal auch in Liebe.

Sie hielten sich selten an den Händen. Es war neu. Und nur die Wodkaflasche, halb voll oder halb leer, je nachdem, sah ihnen zu.

Seine Augen waren glasig, ein unbestimmtes Grau tönte seine Gesichtshaut, die Falten um Mund, Nase und Augen schienen tiefer eingegraben denn je. Kerben, Schnitte, Einschnitte. Seelenspiegel.

Die Frau, die ihm gegenübersaß, seine Frau, sah aus wie immer. Etwas müde, etwas verträumt, etwas einsam. Faltenlos. Ahnungslos.

Es ist dieser Arsch aus der Personalabteilung. Der und kein anderer. Ich weiß es genau. Da gibt es kein Vertun. Er hasst mich. Er hat mich vom ersten Tag an gehasst. Verfolgt hat er mich, gemobbt. Und jetzt hat er sein Ziel erreicht. Ich bin weg vom Fenster. Weg. Einfach so. Dabei habe ich alles richtig gemacht, es gab keine Fehler. Es gab nie Fehler. Nicht einen. Gestern nicht, heute nicht und morgen auch nicht. Oder übermorgen. Weg vom Fenster. So gehen die mit Menschen um. Mit Menschen! Verstehst du das? Mit Menschen! Personelle Umstrukturierung. Schon klar. Was sollen die auch sonst sagen. Ihnen erwachsen keine Nachteile. Wir müssen Sie einfach nur mal ein bisschen aus der Schusslinie nehmen. Schusslinie! Ich lach mich tot! Wie dreist ist das denn? Aus der Schusslinie nehmen! Ich glaub, ich spinne!

Er befreite seine Hände aus den ihren und füllte sein Glas wieder auf. Er war nicht betrunken. Er sprach klar und deutlich und ziemlich laut. Warum ist er nicht betrunken? Fragte sich die Frau, die ihm im Bademantel gegenübersaß. Die Frau, die müde war.

Ich habe alles gegeben, alles getan, nichts war mir zu viel. Und dann kommt so ein psychopathischer

Drecksack und macht mich fertig. Sachbearbeiter. Ich bin jetzt Sachbearbeiter außerhalb der Schusslinie. Prost! Auf alle beschissenen Schusslinien in dieser beschissenen Welt. Prost, prost und noch mal prost. Ich hebe mein Glas auf alle Arschlöcher dieser Welt. Verrecken sollt ihr. Salute!

Hastig trank er und seine Hand wollte das Glas nicht freigeben. Sie hielt es fest und die Knöchel traten hervor. Auch die andere Hand hatte sich dem Schutz des Gegenübers entzogen. Was sollte sie tun? Sie wusste es nicht.

Aber es ist ja vielleicht nur befristet. Und du verdienst weiter wie bisher. Das schaffen wir doch. Sagte sie schließlich und wusste nicht, wie oft sie diese Sätze in den vergangenen Stunden und Tagen schon ausgespuckt hatte. Oder in wie vielen Variationen. Seine Antwort überraschte sie daher nicht.

Willst du es nicht verstehen oder kannst du nicht? Herrgott noch mal – es geht doch nicht ums Geld. Es geht darum, dass es in diesem Land möglich ist, dass ein Psychopath einen schwer arbeitenden und qualifizierten Mann, einen absoluten Profi, einfach fertigmachen kann, wenn ihm danach ist. Wenn er die richtigen Verbindungen besitzt, mit den richtigen Leuten vernetzt ist. Wenn er es will. So einfach ist das. Er spielt mit den richtigen Leuten Golf und ich nicht. So einfach ist das heutzutage, so lächerlich einfach. Und schon findest du dich in irgendeinem Kellerloch wieder und sortierst Büroklammern. Es geht nicht ums Geld. Es geht um die Ehre, um die Würde. Es geht um mich. Es geht einmal um mich. Nur um mich.

Und um Macht. Sagte sie sehr leise. Hauchte oder dachte es.

Was? Seine Frage klang unwirsch. Aggressiv. Ungnädig. Überhaupt nicht dankbar. Dankbarkeit war noch nie seine Stärke gewesen. Er schenkte sich erneut nach.

Es geht vielleicht auch um Macht. Jetzt hielten sich die bleichen Hände der Frau gegenseitig so fest, dass es beinahe wehtat. Und ihre dunkelroten Nägel sahen aus wie Blutstropfen.

Du willst einfach nicht begreifen, dass es einmal nur um mich geht. Nicht um deine beschissene Malerei oder deine dämlichen Einkaufstouren. Es geht um mich! Mich, mich, mich! Nicht um Apfel-Vanillezucker-Häuser oder Boote. Es geht um mich und du verstehst das nicht, egoistisch, wie du bist. Ganz und gar selbstbezogen. Nichts verstehst du, gar nichts!

Sie schluckte alles. Die Worte, die Erniedrigung, den Hass, der ihr unvermittelt entgegenschlug. Sie schluckte.

Ich geh eine rauchen. Er zog Tabakbeutel und Feuerzeug aus der Hosentasche. Wie dunkelbrauner

Schnee rieselten Krümel auf die polierte Tischplatte. Er sah es nicht. Sie hasste es. Er stand auf, nun leicht schwankend, und ging hinaus auf die Loggia. Es regnete immer noch oder schon wieder und sie wusste nicht, wie er es schaffte, sich im Regen eine Zigarette zu drehen. Sie wusste vieles nicht, hörte aber bald darauf zwischen einzelnen Regentropfen, wie er tief das Gift inhalierte. Gedankenverloren schob sie die Tabakreste auf dem Tisch zu einem kleinen Haufen zusammen, zu einem schmutzigbraunen Schneehaufen.

Manchmal kniete sie auf allen Vieren und eine Hand drückte ihren Nacken nach unten. Nicht sanft, nicht brutal. Nur bestimmend und keinerlei Widerspruch duldend. Oder Widerstand. Zu Beidem fehlten ihr Kraft, Energie und vor allem der Glaube an den Erfolg. Auch diese Tugenden waren entschwunden oder geopfert auf dem Altar, der nun der Fußboden war. Am Boden. Ganz unten. Wehrlos und einer Hand ausgeliefert, die menschlich hätte sein können. Die andere Hand hielt die Peitsche.

Auf dem Weg zurück in die Küche und in das Leben, in dem plötzlich so vieles fehlte, stieß er gegen einen der Korbsessel. Das Geräusch ließ sie zusammenfahren.

18.

Sie war müde, rieb ihre rotumrandeten Augen und unterdrückte ein Gähnen. Sie wollte ihm nicht das Gefühl geben, sie zu langweilen. In guten wie in schlechten Zeiten. So also sahen die schlechten aus. So fühlten sie sich an. Müde und langweilig. Darauf war sie nicht vorbereitet. Von wem auch?

Er setzte sich wieder hin und stürzte den kümmerlichen Rest Wodka, der noch im Glas war, hinunter.

Hör doch auf. Sagte sie.

Er sah sie nur an und sie hätte nicht entscheiden mögen, ob bittend, vorwurfsvoll oder klagend. Er sah sie nur an und goss sich das Glas voll. Bis zum Rand. Die Flasche war leer.

Es sind immer die falschen Leute, die die Macht haben. Immer. Es sind die Arschlöcher, die Leute wie mich kaputtmachen. Ohne schlechtes Gewissen, einfach nur, weil ihnen danach ist. Weil sie die Macht haben. Und glaube mir: Der sitzt heute Nacht nicht schlaflos in der Küche, ganz sicher nicht. Der schläft gerade wie ein Baby. Mit allerreinstem Gewissen. Und der kann morgen früh auch in den Spiegel gucken. Kein Problem für solche Leute. Ich bin am Ende, kassiere einen gepflegten Tritt in den Hintern als Dank für jahrzehntelange Schufterei und ihm geht es besser denn je. Ich könnte ihn umbringen, verstehst du das? An die Wand gestellt gehören solche Psychopathen. Einfach peng und gut ist. Man täte der Menschheit einen Gefallen. Einen Riesengefallen sogar.

Er stand auf, nun doch deutlich schwankend, und schleppte sich Richtung Bad. Wie ein alter Mann, ein betrunkener, alter Mann. Leid tat er ihr nicht. Sie war so müde.

Die Lederpeitsche. Feines, ganz feines, weiches Leder. Die Hand, die die Peitsche benutzte, verstand ihr Handwerk. Sie schlug nie so fest zu, dass die Haut aufplatzte. Hin und wieder streichelte sie nur. Aber wenn sie zuschlug, gab es lediglich feinste Striemen auf der nackten Haut des Rückens. Oder des Pos. Blut floss nie. Und wenn, dann wäre es ihr gleichgültig gewesen. Sie hatte nichts mehr zu verlieren. Keine Ehre, keine Scham, keine Schuld. Und kein Blut, das sie noch ihres hätte nennen wollen. Sie gehörte sich schon lange nicht mehr. Und das weiche, feine Leder der Peitsche war durch langen Gebrauch im Laufe der Zeit noch feiner geworden, durch Gebrauchsspuren veredelt und zum Leben erwacht. Mittlerweile hatte das Leder Geschichten zu erzählen. Wie eine gute, häufig getragene und innig geliebte Handtasche. Geschichten, die niemand hören wollte oder konnte. Brutale Geschichten. Unwiderstehliche Geschichten. Süß und gehaltvoll. Wie Schokolade.

Sie hörte das Wasser laufen, das provozierende Surren seiner elektrischen Zahnbürste blieb aus. Er ging ins Bett, ohne etwas zu sagen. Und sie war viel zu müde, um Angst davor haben zu können, ihm zu folgen.

Er erwartete sie bereits.

19.

Der Frühstückstisch war gedeckt. Etwas Rührei, Obstsalat aus Ananas, Mango, Melone, Kiwi, Papaya. Nur der Granatapfel fehlte. Joghurt und ein Glas Wasser, in dem eine Aspirin-Brausetablette den Kampf ums Überleben verlor. Kaffee aus dem Vollautomaten, stark, dunkel und angenehm bitter. Die Tischplatte glänzte und hatte den braunen Schneehaufen der letzen Nacht längst vergessen.

Die blasse Frau, die schlecht geschlafen hatte, legte Servietten neben die Teller und spielte Normalität in diesen schlechten Zeiten. Dass es aufgehört hatte zu regnen und die Sonne nun heller als notwendig schien, war ihr egal. Sie ließ die Balkontür geschlossen.

Als er sich zu ihr an den Tisch setzte, sah er aus wie immer und sie wunderte sich darüber.

Hast du dran gedacht, das Zeitungsabo zu kündigen?

Ja, log sie.

Heute war ein Feiertag. Was es zu feiern gab, konnte sie sich nicht erklären. Sie saß ihm lauernd gegenüber und verfolgte, wie er Kaffee trank und im Obstsalat stocherte, als sei alles ganz normal.

Sie schwiegen.

Nimm doch das Aspirin. Dann wirst du dich bestimmt besser fühlen.

Er schwieg.

Hast du keine Kopfschmerzen?

Er schwieg.

Oder magst du noch einen Kaffee?

Sein Schweigen war unüberhörbar.

Iss doch ein wenig Rührei, bevor es ganz kalt wird. Oder hast du gar keinen Appetit heute früh?

Hör auf damit! Er schrie und hieb mit der rechten flachen Hand auf den Tisch. Teller und Besteck tanzten unter der Erschütterung und in dem Wasserglas erzitterte die Aspirin-Brause. Sie duckte sich ein wenig, zog den Kopf mit den raspelkurzen hellblonden Haaren zwischen die Schultern und wartete ab. So fing er also an, ein Feiertag in schlechten Zeiten.

Hör bloß auf. Nein, ich habe keinen Appetit heute. Nein, ich will dein Scheiß-Rührei nicht. Nein, ich habe keine Kopfschmerzen. Alles, was ich will, ist meine Ruhe. Oder einen guten Vorschlag, was ich morgen machen soll, wenn mich alle mitleidig ansehen. Oder schadenfroh. Guck mal, so sieht man also aus, wenn man einen ordentlichen Schlag ins Kontor abgekriegt hat. Mal sehen, was er jetzt macht. Es bleibt spannend, ha, ha. Na, hast du einen Vorschlag? Ich höre. Aber klar – dir kann das ja alles scheißegal sein, Hauptsache, das Rührei wird nicht kalt. Für dich läuft ja alles weiter wie gehabt, solange das Geld stimmt. Und wo es her kommt und wie ich es verdiene, ist völlig nebensächlich, solange du weiter vor dich hinpinseln kannst. Malerin! Dass ich nicht lache. Wann hast du denn das letzte Bild verkauft? Na: wann? Wenn ich mich auf dich verlassen müsste, wäre ich verlassen. Aber so was von verlassen und verraten und verkauft. Von Hartz IV könnte ich dann leben. Und du auch. Mensch, geh mir doch weg mit deinem verdammten Rührei.

Er stand auf und ging ins Wohnzimmer. Die Tür knallte so heftig hinter ihm zu, dass der Schlüssel aus dem Schloss fiel. Ein heller, metallischer Klang entstand auf den schutzlosen Bodenfliesen. Klingend und nahezu melodisch. Wie ein billiges Glöckchen, dessen Ton in den Ohren schmerzt.

Sie streckte ihren Rücken im Sitzen, stand auf und trat ans Fenster. Sie blickte über die Feiertags-Dächer der Stadt zu den Kirchtürmen.

Die Peitschenstriemen lehnten es ab, sich mit Ringelblumensalbe besänftigen zu lassen. Sie wollten keine Heilung, sie waren anders als die Brandmale. Sie wollten gesehen werden, um dann für immer zu verschwinden und Platz für Nachfolger zu machen, für ebenfalls vergängliches Neues. Die Zeitabstände dazwischen musste sie nutzen, um schwimmen zu gehen. Oder einen Arzttermin wahrzunehmen. Einen Bikini zu kaufen. Oder ein rückenfreies Kleid zu tragen. Sie hatte gelernt, sich den Gegebenheiten anzupassen. Sie hatte vieles gelernt, von dem sie nie angenommen hätte, dass sie es jemals brauchen würde.

Manchmal wurde sie gefragt, weshalb sie keine Kinder hatten. Sie wurde gefragt, immer nur sie. Er nie. Dann antwortete sie stets das Gleiche – es habe sich einfach nicht ergeben. Leider. Die Wahrheit ging schließlich niemanden etwas an. Die Wahrheit war: Sie hasste Kinder.

20.

Sie öffnete die Wohnzimmertür vorsichtig und leise, innerlich geduckt, halb auf dem Sprung, jeden Moment bereit zur Flucht. Er stand mit verschränkten Armen am Fenster, sie sah seinen schmalen Rücken und sein Profil mit der zu großen Nase. Er stand breitbeinig in einer Art, wie nur Männer stehen können. Erfolgreiche Männer, stolze Männer, selbstsichere Männer. Oder deren Hüllen.

Sie trat an ihn heran und umarmte ihn. Ihre Unterarme fanden vor seinem harten Bauch zueinander. Sie spürte, wie sich sein Brustkorb unter lustlosen Atemzügen hob. Fett spürte sie nicht. Er achtete eben auf sich. Sie legte ihre Wange an seinen Rükken. Knochig fühlte sich das an. Knochig, starr, hart, kein bisschen einladend und sie dachte kurz an die Küchenstühle, für die sie ein kleines Vermögen ausgegeben hatte. Sie küsste ihn zart auf den Rücken und es änderte nichts. Sie roch ihn. Tabak und Alkohol. Zorn und verletzte Eitelkeiten. Das Fegefeuer der Eitelkeiten. Sie hatte mal ein Buch mit diesem Titel gesehen. Er war nicht im Fegefeuer, er war schon so gut wie in der Hölle.

So standen sie da.

Was, wenn er weg wäre? Wenn er weg wäre und nie wieder käme, dieser Personal-Typ?

Wisperte sie in seinen Rücken und staunte darüber, dass seine sehnige Haut ihre Worte nicht fraß.

Er antwortete nicht. Er dachte, wie kindisch die Frage doch sei. Das konnte sie spüren. Sie schloss Augen und Herz.

Wenn er zum Beispiel plötzlich sterben würde. Was wäre dann?

Was weiß ich, was dann wäre.

Würdest du dann deinen Posten wiederbekommen?

Schon möglich. Weiß ich nicht. Vielleicht.

Würde dich das glücklich machen?

Sie hatte gelernt, still zu sein, keine Fragen zu stellen, keinen Widerstand zu leisten. Sie hatte gelernt, sich bedingungslos zu fügen. Sie hatte gelernt, dass Hingabe den Schmerz nicht mildert. Sie hatte gelernt, dass Grenzen nur dazu da sind, überwunden zu werden. Sie hatte gelernt, wie entbehrlich Tugenden sein können. Und sie hatte gelernt, dass man sich Ehre leisten können muss. Stolz war ein Luxus für die anderen. Sie hingegen wusste um Macht und Härte und Unbarmherzigkeit. Sie wusste um das Grenzenlose der Angst vor Unterwerfung. Sie kannte ihre Wunden. Sie kannte sie, die Geheimnisse des Lebens. Sie hatte verstanden. Sie wusste mehr, viel mehr als ein einziger Mensch verkraften konnte.

Er antwortete nicht. Sie fasste ihn fest, aber nicht zu fest an seinen Oberarmen und drehte ihn langsam zu sich herum. Es war ganz leicht, er wehrte sich nicht. Warum auch? Warum nicht?

Würde dich das glücklich machen? Wiederholte sie.

Wisperte, hauchte, atmete sie.

Und tat dann etwas, was sie sehr lange nicht getan hatte: Sie nahm das schmale, scharfgeschnittene Gesicht mit der viel zu großen Nase in ihre Hände und zog es zu sich herab. Unendlich behutsam küsste sie ihn auf den Mund, auf diese trockenen Lippen, deren Geschmack ihr so fremd geworden war. Der nichts Vertrautes mehr hatte. Irgendein Mund irgendeines Menschen, so schien es. Und die Berührung war fremd und federleicht, unheimlich und einfach.

Würde dich das glücklich machen? Ihre Lippen waren immer noch ganz dicht bei seinen.

Sie wartete.

Ja. Flüsterte er schließlich direkt in ihren Mund. Und sie schluckte die Antwort hinunter.

VI.

21.

Hallo, ich bin`s.

Grüß dich. Du, ich kann heute nicht, ich habe wirklich keine Zeit. Hier ist gerade der Teufel los. Wir müssen den neuen Katalog vorbereiten und zwei Manuskripte habe ich auch noch in Arbeit. Paul kriegt heute nur das absolute Sparprogramm. Ich muss auch gleich wieder Schluss machen. Nicht böse sein, ja? Warte mal … Ja, mache ich. Sagen Sie ihm, ich rufe gleich zurück. In ein paar Minuten. Ach, und nehmen Sie diese Unterlagen doch schon mal mit. Genau. Richtig, bin gleich da … So, lass uns später telefonieren, ja? Ist wirklich gerade ziemlich ungünstig.

Ich will dich nur mal eben was fragen. Geht ganz schnell.

Na dann los, mach`s kurz.

Du kennst doch diesen Typen, der den Kampfhund hat. Den Russen. Wo finde ich den?

Was willst du denn von dem? Seit wann interessierst du dich für solche Gestalten? Und ob er Russe ist, weiß ich gar nicht so genau. Und kennen wäre auch etwas übertrieben – ich habe halt ein paar Mal mit ihm geredet. Wie man eben so redet auf der Wiese. Aber wieso willst du das denn wissen?

Also, wo finde ich den?

Der treibt sich eigentlich immer so gegen 11 auf der Hundewiese rum. Nicht die am Fluss, sondern die andere, die im Park. Sag mal, muss ich mir … warte … Ja, doch. Ich komme gleich. Bin sofort da. Muss ich mir etwa Sorgen machen?

Ach was, musst du nicht. Wirklich nicht. Ich will dich auch nicht länger aufhalten. Wir hören voneinander.

Du, der Typ ist komisch und kennt komische Leute. Man erzählt sich, dass der ganz groß in irgendwelchen dunklen Geschäften stecken soll. Milieu und so. Mach bloß keinen Quatsch. Sei vorsichtig, hörst du?

Ach, das war doch nur so eine Frage.

Aber das fragst du doch nicht einfach so. Also raus damit: Was willst du denn von dem? Sag schnell.

Ich will ihn vielleicht mal was zu Kampfhunden fragen. Ein neues Projekt, das mir vorschwebt. Bin nur auf Motivsuche, das kennst du doch. Alles ganz harmlos. Mach`s gut, ja? Wir reden ein anderes Mal.

Ja, ich melde mich. Ciao.

Tschüss dann. Mach`s gut.

Sie dachte nach. Sie dachte immer noch nach, als sich ihr Smartphone meldete:

Viell irre ich mich auch u der Typ ist ganz ok ☺

Ja, vielleicht ist er das. Dachte sie und löschte die SMS sofort.

22.

Schöner Hund. Ist das Ihrer?

Sie stand auf der Wiese im Park, die am späten Vormittag fast leer war. Fast. Sie stand da im Sonnenschein, Leinenjacke, Leinenbluse, buntes Tuch. So harmlos sah sie aus. Wie ein Mädchen.

Ja. Sagte der kleine, dunkelhaarige Mann, der trotz der hochsommerlichen Temperaturen eine Lederjacke trug. Eine sehr teure Lederjacke, wie sie feststellte.

Das ist ein Kampfhund, oder?

Ja.

Was ist das denn für eine Rasse? Wie heißen diese Hunde?

AmStaff.

Nie gehört. Und wie alt ist er?

Fünf.

Wie heißt er denn?

Tyson.

Schöner Name. Tyson.

Der mächtige Hund, der Tyson hieß, war nicht schön. Das Spiel seiner Muskeln und sein breiter Schädel hatten etwas Bedrohliches und sie war froh und dankbar für die Ignoranz, die er ihr gegenüber an den Tag legte, der rabenschwarze Tyson.

Tyson. Wie der Boxer, oder? Das ist aber ein lustiger Name.

Schulterzucken.

Mike Tyson.

Ja.

Hat der nicht mal einem Gegner ins Ohr gebissen? Dieser Mike Tyson?

Kann sein.

Beißt Ihr Tyson denn auch in Ohren? Oder versteht er sich gut mit anderen Hunden?

Nein.

Ach so.

Sie blickte hinab auf die Spitzen ihrer Schuhe. Wohin der kleine Mann blickte, konnte sie nicht sehen. Er trug eine verspiegelte Sonnenbrille. Sie nahm das Ende des bunten Tuches, das ihren Hals bedeckte, und drehte es zwischen ihren Fingern. Das kräftige Türkis passte gut zu ihren hellblonden Haaren, zum Kardinalsrot ihrer Fingernägel passte es nicht.

Sind Sie öfter hier?

Ja.

Die Wiese ist aber auch ideal. Erst recht bei diesem herrlichen Wetter, nicht wahr?

Er nickte.

Im Winter ist es ja weniger schön. Aber ein Hund muss natürlich trotzdem raus.

Hm.

Ziemlich wenig los hier heute, was?

Er nickte wieder.

Ist das immer so um diese Uhrzeit?

Ein weiteres Nicken.

Ist vielleicht auch besser so, wenn Ihr Tyson nicht gerne mit anderen Hunden spielt.

Der andere schwieg.

Stimmt es eigentlich, dass Rüden oft ein Problem mit anderen Rüden haben?

Kann sein.

Ist diese Rasse denn eigentlich besonders aggressiv? Stimmt das alles, was man so von Kampfhunden hört und liest?

Ja.

Und dass die viel teurer sind als andere Hunde, stimmt das auch? Ich meine die Steuern und so.

Ja.

Ungerecht oder? Das Problem sitzt doch immer am anderen Ende der Leine, meinen Sie nicht auch?

Nein.

Ach so.

Aber Ihrer doch nicht. Der ist doch bestimmt freundlich, oder?

Nein.

Ach, was Sie nicht sagen! Ist er denn auch Menschen gegenüber schon richtig böse geworden?

Ja, das kann man wohl sagen.

Ihr wurde flau im Magen und im Kopf. Sie trat auf der Stelle, zwirbelte ihr Halstuch und etwas trieb sie weiter. Sie wehrte sich nicht.

Sind Sie mit ihm in einer Hundeschule?

Nein, ich mache das selber. Ich mache alles selber.

Sie konnte seine Augen immer noch nicht sehen und hörte, wie sich ein harter Akzent unter zunehmender Gereiztheit verbarg. Hart, aber nicht unangenehm. Vielleicht slawisch, vielleicht auch nicht.

Darf ich Sie mal was fragen?

Sie fragen doch schon die ganze Zeit.

Er wandte sich ihr zu und in seiner Brille spiegelte sich raspelkurzes blondes Haar. Auch Tyson sah sie an. Aus sicherer Entfernung, wie sie hoffte.

Sie fummelte ihre Sonnenbrille aus der Umhängetasche und setzte sie auf. Brillengläser sahen sich an und nun konnte sie nicht mehr erkennen, was sich in denen des Mannes spiegelte. Oder wer.

Sie holte mit großer Entschlossenheit tiefer als notwendig Luft und versuchte, mit ihr auch Mut zu fassen.

Es gibt jemanden, den ich verschwinden lassen möchte. Und muss. Diskret, absolut zuverlässig und für immer, wenn Sie wissen, was ich meine. Könnten Sie mir dabei vielleicht in irgendeiner Form behilflich sein?

Ihre Stimme klang fest und sachlich. Sie war ganz ruhig und zitterte nicht. Ihre Stimme erstaunte sie. Sie hörte nicht sich. Auf dem Gehweg, der an die Wiese grenzte, ging eine ältere Frau mit einem kleinen, bunten Hund vorbei, der kräftig und wild an der Leine zog. Tyson trabte einige Meter in die Richtung der Spaziergängerin und blieb dann stehen, seine hoch aufgerichtete Rute bewegte sich langsam hin und her. Er machte sich steif und groß. Die ältere Frau ging schneller, lief fast und wirkte auf einmal viel jünger. Zumindest aus der Ferne.

Und das fragen Sie ausgerechnet mich?

Ich kenne niemanden, den ich sonst fragen könnte.

Mich kennen Sie auch nicht. Stellte er fest.

Und? Fragte sie hinter ihrer Sonnenbrille.

Werden Sie mir behilflich sein?

Sie scheinen wirklich ein Problem zu haben, gute Frau. Und das tut mir sehr leid. Mehr habe ich dazu nicht zu sagen. Besser, Sie gehen jetzt.

Bildete sie es sich ein oder wurde der harte Akzent härter? Ihr war vorher nicht aufgefallen, wie sehr er das R rollte. Slawisch. Oder südländisch? Sie kannte diese Art zu sprechen, sie wusste aber nicht, woher. Sie spannte ihre Rückenmuskulatur an, versuchte, wie der Hund ihres Gegenübers, größer zu wirken. Beeindruckender. Selbstsicherer. Sie ließ sich nicht gerne wegschicken. Nicht so. Nicht in diesem Ton. Und erst recht nicht mit diesem Problem, das sie zu lösen gedachte.

Ja, ich habe ein Problem. Und ich habe Geld, sehr viel Geld. Es sollte auf jeden Fall für die Problemlösung ausreichen. Aber wie Sie meinen. Dann hat dieses Gespräch eben nie stattgefunden.

Sie ging, ohne Tyson eines Blickes zu würdigen, der weiter dem kleinen Hund nachblickte, jetzt nur noch ein winziger Punkt irgendwo auf dem Gehweg, ganz hinten.

Sie ging und war stolz auf sich. Trotzdem und deswegen. Sehr stolz. Irgendwie.

Warten Sie!

Sie blieb stehen, ein kleines Lächeln umspielte ihre Lippen. Sie blieb stehen, ohne sich umzudrehen.

Sie wusste, sie hatte gewonnen.

23.

Sagen Sie mir Ihren Namen. Ihren richtigen Namen.

Sie tat es.

Wir sehen uns um 16 Uhr im Kreuzgang der Kathedrale. Sollte ich nicht kommen, vergessen Sie alles und sprechen mich nie wieder an. Haben Sie verstanden? Sie werden nie wieder hierher kommen. Nie wieder. Ist das klar?

Ja.

Alles weitere nachher. Verstanden?

Ja, verstanden. Aber warum in der Kathedrale? Warum gerade dort? Ist das nicht viel zu gefährlich? Da sind doch so viele Leute.

Sie stellen zu viele Fragen, gute Frau. Viel zu viele Fragen. Gehen Sie jetzt.

Und sie tat wie ihr geheißen. Sie ging.

24.

Die schwere, mit religiösen Motiven verzierte Metalltür der Kathedrale öffnete sich und entließ eine kleine Familie aus dem milchigen Dunkel, das sie beschützte. Eine Frau mit raspelkurzem blonden Haar schlüpfte viel zu hastig hinein und durchschritt ohne Zögern das Kirchenschiff. Der Geruch heiliger Geschäftstüchtigkeit nahm ihr fast den Atem. Sie war lange nicht hier gewesen und sie wusste auch, warum.

Sie eilte vorbei an Oberstudienrätinnen mit grauem Pagenschnitt und bequemen Laufschuhen. Den Stand mit Postkarten und schlecht bebilderten Broschüren ließ sie links liegen, auch die Ankündigungstafel für Gottesdienste beachtete sie nicht. Selbstgefertigte Collagen der Kommunionskinder schickten viel zu bunte Botschaften ins Dämmerlicht. Sie sah nicht hin. Ein junges Pärchen stand Hand in Hand unter einer pompösen Heiligenfigur und staunte den Protz oder die Heiligkeit an. Sie stieß gegen den Rucksack der jungen Frau, ohne sich zu entschuldigen.

Kulturbeflissene Väter erklärten pubertierenden Kindern die Welt anhand eines goldüberzogenen Altars. Das Leben erklärten sie ihnen nicht. Die jeweils dazugehörigen Mütter hatten die Köpfe in Schräglage gebracht, um verblichene Fresken zu studieren. Schau mal. Guck mal. Wie interessant. Nein, das ist es nicht. Dachte sie.

Eine kleine Besuchergruppe, durchweg ältere Menschen, sogenannte Senioren, verfolgten unaufmerksam die Erläuterungen einer Dame mit Dauerwelle, die Sinn und Unsinn des Beichtstuhls beschrieb. Sie sprach viel zu leise, diese Dame, und eine Lesebrille baumelte ziemlich unvorteilhaft an einem Kettchen über ihrem fülligen Busen. Der Faltenrock war knielang, die Strümpfe stützend, gesund und hautfarben. Die Senioren heuchelten unbeholfen Interesse. Es war kühl im Dom. Er ließ sie die Kühle christlicher Nächstenliebe spüren. Trost zu spenden, war Aufgabe der anderen. Aber wer sind die anderen? Fragte sie sich.

Münzen fielen in Opferstöcke, ließen die Kassen klingeln. Kerzen wurden entzündet und flammten auf wie die Hoffnung. Ein vergessenes Gesangbuch, vergessene Gesänge und Gebete für verlorene Seelen. Canta Bona. Sie eilte weiter. Sie hatte vergessen, wie groß die Kirche war. Und während sie lief in ihren Schuhen, die nicht für das Laufen gemacht waren, überkam sie ein Schwindelgefühl. Alles drehte sich. Weihrauch. Weihrauch konnte sie noch nie vertragen.

Sie fand die unscheinbare Tür zum Kreuzgang, trat hinaus in das ummauerte Gefängnis und erfreute sich kurz am Himmel, der sich über ihr erstreckte. Auch hier war die Luft muffig und alt, da gab es nichts, an dem sie sich hätte erfreuen mögen. Ihr war immer noch schwindelig, sie fühlte sich etwas benommen. Nervös war sie nicht.

Sie sah ihn sofort. Er stand vor einer Art Gedenktafel und schien sie zu studieren. Ganz intensiv und konzentriert. Und er trug seine verspiegelte Sonnenbrille.

Er musste ihr Kommen wohl gespürt haben, denn er sprach sofort, als sie an ihn herangetreten war. Er sprach und die verspiegelten Brillengläser starrten unverwandt Richtung Gedenktafel und der dort eingehauenen Buchstaben. Vos qui transitis ... Meinte sie zu erkennen.

50.000 in bar und die Sache läuft. Ich kontaktiere Sie in den nächsten Tagen und sage Ihnen, wie Sie mir das Geld zukommen lassen werden. Sie geben mir dann auch Namen und Adresse Ihres Problems. Nach Erhalt des Geldes wird der Auftrag erledigt. Zügig, diskret, zuverlässig und für immer. Sie werden dann kein Problem mehr haben. Das garantiere ich. Das sollte reichen. Mehr müssen Sie nicht wissen.

Schärfe, Bestimmtheit und Tempo seines Tons lähmten ihr Denken und das gerollte R schmerzte in ihren Ohren.

Ja, gut. 50.000. Geht klar. So machen wir das. Aber wie kann ich Sie erreichen? Was soll ich tun, wenn ich Sie brauche? Oder wenn irgendwas schiefgeht?

Ich erreiche Sie. Immer und jederzeit. Ich finde und erreiche Sie in jedem Winkel dieses Planeten und sei er auch noch so versteckt. Und sehe ich etwa aus wie jemand, bei dem etwas schiefgehen könnte?

Nein. So sah er nicht aus. Zumindest, soweit sie es beurteilen konnte.

Das war‘s. Gehen Sie.

Er schlenderte gemächlichen Schrittes und mit rollendem R zur nächsten Tafel. Sie folgte. Mors certa, hora incerta.

Aber was soll ich denn jetzt machen? Einfach gehen? Sind Sie sicher?

Ganz sicher.

Und warum treffen wir uns hier? Hier sieht uns doch die halbe Stadt. Ist das nicht viel zu riskant?

Sie sollten aufhören, schlechte Kriminalromane zu lesen und zu viele Fragen zu stellen, gute Frau. Gehen Sie. Und wenn Sie unbedingt noch etwas tun möchten, dann zünden Sie drinnen eine Kerze an.

Für … für mein Problem, meinen Sie?

Er lachte kurz und messerscharf auf. Bellend.

Nein. Für Sie.

VII.

25.

Die Abendstunden vergingen quälend langsam. Sekunden wie Minuten. Kaugummizeit. Es war schwül, es roch nach Gewitter und ihr T-Shirt klebte an ihr wie eine zweite Haut. Sie hatte die Kübelpflanzen auf der Loggia gegossen und gedüngt, die Wohnung unschlüssig und unwillig aufgeräumt, die Waschbecken in Bad und Gäste-WC ausgewischt und sich zum wiederholten Male gefragt, wieso sie ein Gäste-WC besaßen. Sie hatten nie Gäste. Oder nur ganz selten. Und meistens blieben sie nicht lange genug, um das WC benutzen zu müssen. Apricot-farbene Gästehandtücher, kleine, hübsch geformte Seifen, die nach Maiglöckchen dufteten, oder Raumlüfter, deren zerbrechliche Holzstäbchen Aromen von Zitronengras oder Melisse verteilten, brauchte sie nicht.

Sie hatte Fertigbaguettes aufgebacken, die niemand essen wollte. Auch sie nicht. Stattdessen trank sie sehr viel Mineralwasser. Es war so schwül. Und das Wasser, naturale, war teuer. Man sollte daher jeden Tropfen schätzen, was sie nicht tat.

Sie war durch die Wohnung gegangen, unruhig und sinnlos beschäftigt, und versuchte, sich klein zu machen. Unsichtbar. Sie wollte dem hageren Mann mit den verbitterten Zügen um den Mund nicht begegnen. Sie wollte nicht von ihm gesehen werden. Und er sah sie auch nicht. Er war mit sich beschäftigt, an diesem schwülheißen Sommerabend, an dem sogar die Geräusche und Gerüche etwas Klebriges an sich hatten. Er saß draußen auf der Loggia und trank Rotwein aus einem Wasserglas. Wie die Franzosen, hatte sie gesagt. Das ist mal was anderes. Das hat Stil. Nein, hat es nicht. Hatte er sie angefahren und weiter ins Nichts geblickt. Sie wusste, er hatte abgenommen. Sie wusste, er sah erbärmlich aus. Mitleid hatte er nicht verdient, aber Furcht. So duckte sie sich und schlich durch die Wohnung und versuchte, nicht von ihm gesehen zu werden. Oder gehört. Oder gerochen. Sie war wieder das kleine Mädchen, als sie mit dem Putzlappen über den Wohnzimmertisch fuhr, doch er sah es nicht. Er sah ins Nichts.

An einem Abend vor langer Zeit hatte die Hand Klemmen an ihren Brustwarzen befestigt, die durch eine dünne Kette miteinander verbunden waren. Es tat weh. Und dann wurde sie an dieser Kette auf allen Vieren durch den Raum geführt. Wie ein Tier, ein Tier mit verbundenen Augen. Sie wollte das nicht. Sie wollte so vieles nicht. Und sie sagte, dass sie es nicht wollte. Dann kam die Peitsche und schlug härter zu als gewohnt. Die Haut auf ihrem Rücken platzte auf und Blut floss. Danach hatte sie nie wieder etwas gesagt. Sie blieb stumm.

Verstummt. Später gab es Tage, an denen sie keinen Büstenhalter tragen konnte, weil die Warzen wundgescheuert waren. Aber auch weite T-Shirts, Blusen oder Pullover erinnerten sie an die dünne Kette mit ihren Klemmen.

Sie nahm den Granatapfel aus der Obstschale und warf ihn in den Müll.

Der Mann saß nun vorm Fernseher. Tagesschau. Das Schlechte der Welt in fünfzehn Minuten. Immer nur das Schlechte.

Arschlöcher. Ich kann sie nicht mehr sehen, diese Arschlöcher und Wichser. Hörte sie ihn sagen und im Hintergrund sprach die Kanzlerin. Polit-Gesocks, verdammtes.

Sie vernahm das Surren des CD-Players, der etwas in sich zog und verschlang.

Sie wischte die Küchenregale aus und schwitzte. Winzige Schweißtröpfchen hatten sich auf ihrer Oberlippe gebildet und ließen sie glänzen. Es gab nichts auszuwischen, dafür hatten sie irgendeine schweigsame, grobschlächtige Polin mit großporiger Haut, die einmal wöchentlich kam. Dann ging sie zum Sport, zum Frisör oder Einkaufen oder, sehr selten, in ihr Atelier. Meistens ging sie zum Sport. Sie lief auf dem Laufband und die grobe Frau erledigte schweigsam grobe Arbeiten, von ihm gut bezahlt, da ließ er sich nicht lumpen.

Sie wartete auf ein Gewitter und hörte ihn lachen und jawoll! rufen, wenn ein Zombie abgeschlachtet wurde. The Walking Dead, Staffel 1, nahm sie an und wischte weiter. Sein Lachen klang nicht fröhlich, es klang nie richtig fröhlich, auch in guten Zeiten nicht. Er lachte selten. Heute Abend lachte er ein schrilles Lachen voller Wut und sogar die Gewitterwolken hatten sich verzogen. Sie hörte ihn eine weitere Flasche teuren, edlen, blutroten Weins entkorken, während ein Beißer nach dem anderen abgeschlachtet wurde, begleitet von schrillem Wutgelächter.

26.

Später lagen sie im Bett, nur mit leichten Leinentüchern bedeckt und von Schwüle umhüllt. Er tat, als schliefe er, aber sie wusste, dass er mit weingeschwängertem Blick an die dunkle Zimmerdecke starrte. Er roch aufdringlich nach Alkohol, Tabak und Niederlagen. So war es in diesen schlechten Zeiten.

Sie hatte geduscht und roch frisch, sauber, rein und ein bisschen nach Vanille und Butter. Sie roch unschuldig. Ganz vorsichtig, so, als dürfe sie ihn nicht wecken, legte sie ihren Kopf an seine Schulter, kuschelte sich an ihn. Er zuckte nicht, er wehrte sich nicht, er spannte sich an unter dieser ungewohnten

Geste ehelicher Verbundenheit und atmete ganz flach. Aber er stieß sie nicht von sich.

Hast du dich noch mal beraten lassen wegen des Geldes? Weißt du jetzt, wie du es anlegen willst? Flüsterte sie ganz nahe an seinem Ohr und spürte, wie er kaum merklich den Kopf schüttelte.

Ich habe vielleicht eine Idee. Hauchte sie. Eine sehr gute Idee sogar.

Sie legte ihre Hand auf seinen nackten Bauch und spürte feine Härchen und Schweiß. Ihre Hand war kühl, ihre Fingernägel makellos lackiert. Blutrot.

Gib mir 80.000. Nur 80.000 und du bist ihn los, diesen Typen aus der Personalabteilung. Deinen Feind.

Zwischen jeden Satz hatte sie ihn sehr sanft aufs Ohr geküsst, kaum spürbar. Sie merkte, wie seine Anspannung stieg und legte ihm die Hand auf den Mund. Verschloss ihn. Untersagte seinen Worten, sie zu unterbrechen, und die Worte fügten sich widerstandslos. Er schluckte trocken.

Er hat dich ruiniert, er hat nichts anderes verdient. Nimm ihm seine Macht, hol sie dir wieder. Sie gehört dir, er darf sie nicht stehlen. Er darf dich nicht zerstören. Das hast du nicht verdient. Wehre dich. Bestrafe ihn. Das ist nur gerecht. Tu das, was du dir ausgemalt hast. Tu der Menschheit einen Gefallen. Weißt du noch, das waren deine Worte: Man täte der Menschheit einen Riesengefallen. Erinnerst du dich? Nur 80.000 und alles gehört wieder dir. Dein Job, deine Ehre, deine Würde, dein Stolz, deine Selbstachtung. Und die Macht. Du hast die Macht, weil du mich hast. Das weißt du doch, oder? Lass nicht zu, dass er dich kaputtmacht. Du hast die Macht und kannst bewirken, dass alles wieder wird wie früher. Du wirst dich wieder gut fühlen, einflussreich und glücklich. Du kannst etwas bewirken, du kannst Einfluss nehmen, du kannst die Dinge in die Hand nehmen und ändern. Das willst du doch, oder? Die Dinge in der Hand haben. Agieren statt reagieren – deine Worte. Nur 80.000. Gut angelegte 80.000.

Sie hauchte viele kleine Küsse auf das Ohr an ihrem Mund.

Vertrau mir. Wenn es hart auf hart kam, konntest du dich doch immer auf mich verlassen. Ich habe dich nie enttäuscht. Ich habe alles im Griff. Ich werde nicht zulassen, dass du leidest. Das kann ich einfach nicht zulassen. 80.000 – das ist kein hoher Preis für die Macht, finde ich. Das sollte sie dir wert sein. Und ich sollte dir das auch wert sein. Unser Leben muss dir das wert sein. Mach, dass alles wieder gut wird, so wie früher. Nur 80.000.

Küsse. Der leichte Druck ihrer Hand auf seinem Mund hatte sich verringert. Dennoch schwieg er.

Ich weiß, was du denkst. Du hast Angst. Das Risiko ist dir zu hoch, viel zu hoch. Vertrau mir bitte, alles wird gut. Wir werden nichts Unüberlegtes tun. Die Sache ist sicher, zuverlässig und absolut diskret. Keine Zeugen, keine Beweise, nichts. Vertrau mir bitte. Du kannst mir vertrauen. Du musst. Und mach dir keine Sorgen um das Geld. Es ist gut angelegt, eine Investition in deine Zukunft. Das ist doch die allerbeste Rendite, die du dir wünschen kannst. Die Rendite ist dir doch immer so wichtig. Du wirst wieder stolz in den Spiegel gucken können. Und was sind schon 80.000? Du wirst danach immer noch mehr als genug übrig haben. Und weiter hinzuverdienen.

Küsse. Und die Hand lag wieder auf seinem Bauch. Kühl und leicht.

Stell dir vor, wie es sein wird, wenn sie dich fragen, ob du deinen alten Posten zurück haben willst. Sie werden Sätze sagen wie: Wir brauchen Sie jetzt mehr denn je. Na, wie klingt das? Wäre das nicht noch viel mehr als 80.000 wert? Vertrau mir. Ich will nur das Beste für dich. Ich würde nie etwas tun, das dir schadet. Wir tun nichts Verkehrtes. Er hat schließlich angefangen, er wollte dich vernichten und demütigen. Du hast ihn nicht darum gebeten, oder? Er hat sich mit dir angelegt und war bereit, hoch zu pokern. Manchmal verliert man eben in solchen Fällen. Aber du hast nicht angefangen. Vergiss das nicht. Du wolltest das alles nicht und nun musst du dich wehren. Verteidigen. Das ist dein gutes Recht. Und es kostet nur 80.000. Hörst du? Es ist dein gutes Recht, dich zu wehren.

Und so verging sie, die gewitterlose, schwüle Nacht.

Sie lagen noch lange wach. Und flüsterten.

VIII.

27.

Schwer zu sagen, wie alt er war. Auch für ihn selbst. Er war sehr groß und sehr dick und manchmal schwächelte sein Herz. Er trank zu viel, rauchte zu viel, aß zu viel, er arbeitete zu viel und liebte zu wenig. Er fühlte sich älter, als er tatsächlich war, und er sah sehr viel älter aus. Er war in zweiter Ehe mit einer Frau verheiratet, die er wirklich mochte, aber selten sah. Noch seltener ansah. Ob die Frau, die er die seine nannte, ihn mochte, wusste er nicht. Er hatte sie nie danach gefragt. Er trug einen Vollbart, eine runde Brille und einen Doktortitel. Er trug Hemden von der Stange, die über seinem Bauch spannten. Er wäre gerne ein guter Mensch gewesen, ein guter Ehemann und Vater, aber er wusste nicht, wie man das macht. Seine Mutter hatte es ihm nie verraten, dieses Geheimnis, und nun war sie tot. Das Leben war zu schwer für ihn und er war zu schwer für das Leben. Also ging er täglich mit seiner zerbeulten Aktentasche und den Hemden, die über dem Bauch spannten, zur Arbeit und tat das, was er überblicken konnte, was er gelernt hatte. Und er tat es immer gut, kompromisslos und klar. Manchmal bediente er sich unlauterer Methoden, er intrigierte, er log, er nutzte Beziehungen, schob Leute herum wie Figuren auf einem Schachbrett. Privat war er ein begabter Schachspieler, beruflich war er ein großer, gefährlicher und unbeliebter Stratege. Er tat das, weil er es tun musste und konnte. Er tat es, weil er wusste, wie es geht. Man mochte ihn nicht, man fürchtete ihn und das war ihm genug.

Fast täglich nach Arbeitsende stand er vor dem Badezimmerspiegel und betrachtete nachdenklich sein rundes Gesicht ohne Alter. Oder er strich über seinen Bauch. Hin und wieder vergaß er das, was er gesehen und gefühlt hatte, sofort wieder. Meistens jedoch ging er im Anschluss hinaus in die Garage und besuchte sein Fahrrad. Ohne einen Helm aufzusetzen und ohne Luft aufzupumpen, stieg er auf und strampelte gegen seine Pfunde, sein Unwissen, seine Einsamkeit und seinen Zorn an. Niemand vermisste ihn. Nicht an diesen Tagen, nicht an den anderen.

Es war einer dieser Spiegeltage, als er gegen Abend durch die spätsommerliche Landschaft fuhr, seinen üblichen Kummer auf seiner üblichen Strecke mit sich schleppend. Abseits der Hauptstraße, zwischen Feldern und Brachflächen, traf er auf einen anderen Fahrradfahrer, der offensichtlich eine Panne hatte und sich mit der Kette seines Sportrades abzumühen schien. Er verlangsamte sein langsames Tempo und hielt an. Ob er ihm wohl behilflich sein könne? Das wäre wirklich nett, entgegnete der andere. Wir

Sportler müssen schließlich zusammenhalten, fügte er hinzu. Und rollte das R.

IX.

28.

Das besonders Edle am Edelitaliener Amici war, dass er nichts Edles an sich hatte. Zumindest auf den ersten Blick nicht. Holztische, karierte Dekken, leiser Jazz aus unsichtbaren Lautsprechern. Kein Eros Ramazzotti, kein Ti amo und an den grob verputzten Wänden auch keine Mittelmeer-Foto-Idylle. Kerzen fehlten. Speisekarten ebenso.

Der Kellner begrüßte sie bereits breit grinsend an der Eingangstür. Buona sera, dottore, buona sera, signora. Sie haben reserviert? Darf ich bitten?

Und er deutete auf den kleinen Tisch am Fenster mit Blick auf die Terrasse, auf der sie nicht gerne saßen. Zu viele Menschen, zu viel Lärm. Nicht intim genug, Stammgästen nicht angemessen.

Darf ich Ihnen schon etwas zu trinken bringen? Zu schnell gestellt, diese Frage, sie saßen noch gar nicht richtig. Die weiße Serviette, die über dem Unterarm des Kellners Falten schlug, war albern und überflüssig.

Ja, eine große Flasche Mineralwasser und den guten Primitivo, Sie wissen schon, den sehr guten.

Si, dottore. Acqua minerale, eine große Flasche. Und den guten Primitivo. Sehr gerne. Kommt sofort.

Acqua minerale senza gas, per favore.

Er wirkte unbeholfen in seinem Versuch, italienisch zu sprechen. Die Betonung war falsch, die Aussprache hölzern und es war ihr peinlich. Er war ihr peinlich. Sie hasste diese Art unbeholfener Angeberei.

Der Kellner nickte mitleidig lächelnd und verschwand.

Lass uns einen Aperitif nehmen, wir haben schließlich etwas zu feiern.

Nein. Er wollte keinen Aperitif.

Beide blickten hinaus auf die Terrasse und sahen Menschen, die aßen, tranken, rauchten und lachten. Synchron vertieften sie sich in deren Anblick.

Der mitleidige Kellner kam zurück und stellte Gläser, Wasser und Rotwein auf den Tisch. Er ließ ihn den Wein nicht kosten und schenkte auch nicht ein. Auch lagen keine Zitronenscheibchen in viel zu kleinen Wassergläsern mit Stiel. Alles war anders und das war das Edle, das Besondere am Amici. Neben ihnen stand der Kellner und leierte das Speisenangebot herunter. Heute dürfen wir Ihnen anbieten und so weiter und so fort. Es folgten vier unterschiedliche Arten Pasta, zwei Fleischgerichte und zwei mit Fisch. Als der Kellner endlich beim Steinbeißer angekommen war, hatten sie die ersten schon wieder vergessen und mussten nachfragen. Lächerlich. Das war das Edle, das Besondere am Amici: Man machte sich lächerlich und zahlte dafür.

Sie wählten einen Antipasti-Teller für zwei Personen. Außerdem einmal das mit den Scampi und einmal die Tagliatelle mit Steinpilzen und Filetspitzen vom Rind. Ja, das klang gut und richtig.

Und wieder vertieften sie sich in den Anblick der Leute, die draußen saßen und das Leben im Allgemeinen und das im Amici im Speziellen zu genießen schienen. Und zwischen ihren Profilen ein kleiner Holztisch mit karierter Decke.

Eine junge Frau, viel zu jung und viel zu hübsch, stellte ein Körbchen mit warmen Grissini in die Mitte des Tisches. Fatto in casa. Was sonst.

Sie brach ein Stück warmes, duftendes Brot ab.

Wie geht es dir? Fragte sie, bevor sie abbiss.

Er antwortete nicht.

Na, komm, sag was. Wir wollen doch feiern, wir haben doch allen Grund dazu, oder?

Ja.

Er blickte weiter nach draußen, die Arme aufgestützt, die kantigen Gesichtszüge regungslos. Markant.

Es hat doch alles so reibungslos geklappt, die Geldübergabe, die Lösung des Problems und schließlich dann dein Triumph. Genauso wie wir es uns gedacht haben. Tadellos. Generalstabsmäßig.

Nicht so laut. Zischte er barsch und grob, obwohl sie gar nicht laut gesprochen hatte.

Sie schwieg und spielte mit den Brotkrümeln. Legte Ketten, schob Häufchen über den Tisch.

Er schwieg und nahm einen kleinen Schluck vom Rotwein.

Und – ist er gut?

Er ist immer gut.

Der Antipasti-Teller kam und sie aßen wie das alte Ehepaar, das sie waren.

Die junge Bedienung ist neu, oder?

Kann sein.

Hübsch ist sie.

Ja.

Sie nahm von dem Büffelmozzarella.

Eigentlich sollte es dir richtig gut gehen.

Wer sagt, dass es nicht so ist?

Sie hob ihr Glas und schenkte ihm ein strahlendes Lächeln.

Auf das Leben und auf das, was wir lieben! Auf dich! Und auf deinen Erfolg! Salute!

Sie konnte gar nicht aufhören, zu strahlen und zu leuchten.

Benimm dich nicht so kindisch. Und nicht so auffällig. Herrgott noch mal, versuch doch einfach, normal zu sein und hör auf mit dem Theater. Das kann doch nicht so schwer sein, oder?

Jetzt schob sie ihr Wasserglas hin und her. Er schenkte ihr nach. Sie hörten Jazz und von draußen das Lachen der anderen. Ein paar grüne Oliven lagen noch auf den Tellern und schwammen in Öl, den fragenden Blick der Kellnerin, der neuen, jungen, hübschen, beantwortete er mit einem Nicken. Er lehnte sich mit verschränkten Armen zurück und sie räumte das benutzte Geschirr ab. Selbst dabei sah sie hübsch aus. Elegant, jung und hinreißend. Bella ragazza.

Ich freue mich einfach nur für dich. Ich bin richtig glücklich. Lass mich doch glücklich sein. Bat sie fast flehend.

Er antwortete nicht.

Die Pasta kam und die Kellnerin ließ Parmesan aus einer elektrischen Käsemühle darüber rieseln. Es klang wie ein Rasierapparat. Vielleicht auch wie ein kleiner Rasenmäher.

Buon appetito.

Grazie.

Das klingt wie ein Rasierapparat. Stillos, dieses Elektroteil. Das passt einfach nicht hierher. Das verdirbt einem doch glatt den Appetit. Sagte er. Aber er sagte es erst, als die Kellnerin den Tisch wieder verlassen hatte.

So schlimm ist das nun auch wieder nicht. Jetzt bist du kindisch.

Sie wollte nur scherzen, aber es hörte sich nicht so an. Sie wollte freundlich sein. Wenn eine Kerze auf dem Tisch stünde, würden seine Gesichtszüge vielleicht weicher wirken. Dachte sie und wusste, dass es nicht stimmte.

Hast du dich nun eigentlich endlich mal um die Kündigung des Zeitungsabos gekümmert?

Ja.

Log sie und dachte nicht weiter darüber nach. Sie aßen langsam, bedächtig und schweigend.

Ist alles zu Ihrer Zufriedenheit? Kann ich Ihnen noch etwas bringen? Der mitleidige Kellner fragte und hörte erst ein Ja, dann ein Nein. Beides auf Deutsch.

Heißes Wachs auf weicher, empfindlicher Haut. Spurenlos brennend. Aus großer Höhe. Auf die Brust, auf den Bauch, immer dahin, wo die Haut am wehrlosesten war. Auf die feinen Härchen oberhalb der Scham. Die Scham. Die Scham hatte sie verloren, wenn sie flehte, es möge aufhören. Betete. Schamlos betete ohne jeden Stolz. Wimmerte. Manchmal wimmerte sie auch. Oder schluchzte. Oder stöhnte. Aber sie weinte nie. Und sie wehrte sich auch nicht. Einmal, ganz am Anfang, hatte sie die Hand weggestoßen. Das war der Tag, an dem der Gürtel mit der großen Metallschnalle kam. Seine Freundin, die Peitsche folgte später.

Magst du noch ein Dessert? Oder einen Grappa?

Nein, ich bin satt. Mehr als das. Lass uns gehen. Ich zahle.

Er hob die sehnige Hand und suchte den Blick des Kellners.

Il conti, per favore. Auch das klang falsch.

Subito.

Sie war enttäuscht, aber nur ein bisschen.

Er zahlte und sie folgte ihm. Nach Hause.

29.

Und dort, in ihrem Zuhause, schliefen sie zwischen kühlen Laken miteinander. Sie war es, die es wollte. Sie war es, die ihm Raum gab für Zärtlichkeit und Lust und grenzenlose, bereitwillige Hingabe. Und er versank in der Weichheit ihres Körpers. Versteckte sich. Sie war es, die das Tempo vorgab und ihm erlaubte, mitzukommen und loszulassen und zu fallen. Er war es, der sie mit sich trug mit aller leidenschaftslosen Vorsicht.

Sie waren eins und verbunden und die vielleicht gute Zeit stand still. Für immer und ewig. Für immer und immer.

Sie sprachen nicht. Und sie küssten sich nicht. Und sie sahen sich nicht an. Es war dunkel und es ging schnell und dauerte doch zu lange.

Aber als es vorbei war, stand er auf, um draußen auf der Loggia, in der sommerlichen Nacht, eine Zigarette zu rauchen.

Und sie folgte, nackt, mit bloßen Füßen, und stand neben ihm. Sie genoss den würzigen Tabakgeruch. Zum ersten Mal nach langer, langer Zeit.

Und? Fragte sie in die Nacht, während sie seine Feuchtigkeit in sich spürte, einen feinen Knoblauchgeschmack auf der Zunge und Stimmen im Ohr, die sie nicht kannte.

Er rauchte schweigend und sah nicht, wie sie, an den Rahmen der Balkontür gelehnt, ihre Brüste mit den Armen bedeckte. Die Glut seiner Zigarette hing inmitten der sommerlichen Dunkelheit wie ein Glühwürmchen: groß, träge, flugfaul. Sein Penis war schlaff, klein und erbärmlich.

Und? Wiederholte sie. Geht es uns nicht gut? Sind wir nicht satt und zufrieden? Ist nicht alles genau so, wie es sein sollte? Wie wir es uns verdient haben?

Ja, antwortete er und schnippte das träge Glühwürmchen ins Nichts.

Ja, wir sind satt. Entsetzlich, gnadenlos und unbarmherzig satt. Widerwärtig satt.

X.

30.

Paul, der ehemalige ungarische Straßenköter, hatte schlechte Laune. Das war offensichtlich. Offensichtlich war auch, dass er die ungarische Kleinstadt und das Leben, das er dort hätte führen müssen, völlig vergessen hatte. Es spielte keine Rolle mehr. Angebunden am Pflock des Augenblicks.

So trottete er neben den beiden Frauen am Flussufer entlang und knurrte in den Geruch unsichtbarer Rivalen. Ab und an, aber viel zu oft, hob er sein Bein. Ab und zu witterte er oder scharrte sich in eine Überlegenheit, von der nur er annahm, sie stünde ihm zu.

Was hat er denn nur? Fragte die kleinere der beiden Frauen, die mit den raspelkurzen hellblonden Haaren.

Hey, Paulemann, was ist los mit dir?

Ach, ich weiß auch nicht. Sagte die andere, die größere, schlankere, die mit den dunklen, gelockten Haaren, die sie heute lieblos mit einem gelben Gummiband zusammengebunden hatte.

Ich glaube, ich habe ihn zu sehr vernachlässigt in den letzten Tagen. Er war zu wenig draußen. Er ist unterfordert, ihm ist langweilig.

Meinst du? Können Hunde Langeweile haben?

Klar können sie. Aber im Verlag ist zurzeit einfach die Hölle los. Jetzt haben die beschlossen, auch noch einen Gedichtband ins Programm zu nehmen. Und wer hat es an der Backe? Rate.

Oje. Du Arme. Paul, wo ist die Maus? Such mal die Maus. Lachte sie und lief voraus. Paul suchte nicht. Paul sah nicht einmal auf. Er hatte kein Interesse an Mäusen und an ihr erst recht nicht.

Na, dann eben nicht, du dummer Hund. Sie blieb stehen und drehte sich nach der anderen um.

Aber der Gedichtband wird wirklich sehr gut. Kennst du *Letztes Lied* von Mascha Kaléko? Das ist auch drin. Ich liebe es:

Ich werde fortgehn, Kind. Doch du sollst leben
Und heiter sein. In meinem jungen Herzen
Brannte das goldne Licht. Das hab ich dir gegeben,
*Und nun verlöschen meine Abendkerzen.**

Zitierte sie fast singend.

Schön, oder?

Ach, ich weiß nicht. Ich mag keine Gedichte. Es geht doch immer nur um den Tod. Das ist so deprimierend. Man sollte viel mehr lachen im Leben und Spaß haben und glücklich sein.

* Auszug aus „Letztes Lied“. Der ungekürzte Text findet sich auf Seite 272.

Sie klatschte in die Hände. Ein Mal, zwei Mal, drei Mal.

Los, Paul, sei glücklich. Mach uns glücklich. Na, los.

Der Hund, fast im Unterholz verschwunden, reagierte nicht. Raschelnde Blätter verrieten Rute, Aufregung und schlechte Laune.

Du bist aber fröhlich heute. Wunderte sich die andere.

Ja, das bin ich. Warum auch nicht.

Das war keine Frage, es klang auch nicht so.

Denkst du denn gar nicht mehr an das Haus? An das … wie war das noch: Vanille-Sahne-Leben?

Ach, Quatsch. Wer braucht schon ein Haus! Ich habe doch alles – schöne Wohnung, viel Zeit für mich und sogar ein eigenes Atelier. Und Ideen für neue Bilder. Viele Ideen sogar. Und ich habe dich.

Sie schickte einen Luftkuss auf den Weg, der sein Ziel verfehlte.

Was ist eigentlich aus der Kampfhund-Sache geworden? Hast du den merkwürdigen Typen kontaktiert?

Nein, das war nur so ein blöder Gedanke. Ich werde andere Sachen malen. Blumen, Sterne, Wolken,

Schmetterlinge. Sachen, die glücklich machen. Und fröhlich.

Sie lachte perlend und hell. Und falsch. Das Lachen stieg auf in den Sommernachmittag und verlor sich dort.

Sie gingen weiter, Seite an Seite, Leben an Leben. Paul war nicht zu sehen.

Und er? Was ist mit ihm?

Mit ihm? Was soll mit ihm sein?

Er war doch so schlecht drauf, nachdem er seinen Posten verloren hatte. Das hast du doch neulich erzählt.

Wie ein Kind. Was heute eine Katastrophe ist, ist morgen vergessen. Immer das Gleiche. Kindisch und doch liebenswert. Dachte sie.

Ach, alles wieder bestens. Es gab da eine komische Sache – ein Kollege von ihm ist plötzlich verschwunden. Einfach so. Weg. Keiner weiß warum. Er war einfach von heute auf morgen unauffindbar. Merkwürdig. Also gab es ganz überraschend personelle Umbesetzungen und er hatte seinen alten Job wieder. Und nun ist es so, als sei nichts gewesen. Alles wieder beim Alten.

Wie – verschwunden? Man verschwindet doch nicht einfach so. Das gibt es doch gar nicht.

Ich weiß auch nichts Genaueres. Ist aber auch egal. Ich habe mal gelesen, dass es eine Menge Fälle von Leuten gibt, die einfach verschwinden. Viele Tausende sind das im Jahr. Vielleicht bringen die sich um oder wandern nach Tasmanien aus. Keine Ahnung, wo die abbleiben. Wusstest du das?

Nein, das wusste ich nicht. Das glaube ich auch nicht. Niemand verschwindet einfach so und ohne Grund.

Du bist zu ernst und machst dir viel zu viele Gedanken um unwichtige Dinge, Süße. Das gefällt mir nicht. Wichtig ist doch nur, dass wieder alles im Lot ist. Das ist es, was zählt, stimmt`s?

Sie hakte sich unter und zog sie mit sich.

Komm, wir gehen ans Wasser und lassen Steine hüpfen. Komm mit.

Und die andere kam mit. Und bald darauf hüpften Steine genauso wie Lachen und Worte über den Fluss.

31.

Picasso hatte einmal eine Blume gemalt. Sie erinnerte sich gut an dieses Bild. Schnelle, einfache und nur wenige Striche, ausschließlich in knalligen Farben, in Buntstiftfarben. Ein Kinderbild, so fröhlich, so genial. Und so teuer. Unbezahlbar.

Sie trat einen Schritt zurück und besah den Schmetterling, den sie mit schwerer Hand mühselig auf die Leinwand gebracht hatte. Einfache, wenige Striche in knalligen Farben. Gelbe und rote Punkte auf den ausgebreiteten Flügeln. Kein Kinderbild. Dem Versuch in Öl war die Mühe anzusehen, die es sie gekostet hatte, ihre ungeübte und verkrampfte Hand zum Tun zu überreden. Jede Leichtigkeit fehlte, die Unbeschwertheit wirkte gestelzt, bleiern und gequält.

Das Bild im Rücken trat sie an den CD Player, auf dessen blanker, schwarzer Oberfläche sich eine feine Staubschicht abgesetzt hatte. Ihr Zeigefinger malte einen Kreis und wusste, auch ihn würde der Staub bald unter sich begraben. Sie nahm eine CD in die Hand. *Vaya con dios*, las sie und konnte sich nicht erinnern, diese Musik jemals gehört zu haben. Geh mit Gott. Male mit Gott oder mit dem Teufel. Male um dein Leben. Oder gar nicht. Sie legte die CD beiseite und griff nach einer anderen. *Café del mar*, Vol. 4. Verstaubt und alt. Sie durchsuchte den kleinen Stapel weiter. Simon and Garfunkel. *Mrs. Robinson. Jesus loves you more than you will know. God bless you, please, Mrs. Robinson. Heaven holds a place for those who pray. Bridge over troubled water. I'll take your part when darkness comes.* Greatest Hits. *Time after time.* Sie spürte die Vorwürfe des Schmetterlings zwischen ihren Schulterblättern, in ihrem Nacken, an ihrem Hinterkopf, aber sie drehte sich nicht um. Früher hatte sie manchmal gesungen, ziemlich falsch, aber laut. Sie traf keinen Ton, früher nicht, heute nicht. Time after time. Bilder einer Ausstellung. Sie wusste, auch diese CD würde sich in dem Stapel finden. Er hatte sie ihr zur Eröffnung des Ateliers geschenkt und nicht mal den Preisaufkleber entfernt. Er hatte sie ihr in die Hand gedrückt. Auf deine erste Ausstellung, meine kleine Künstlerin. Hatte er gesagt. Und darauf, dass sich die Sache hier irgendwann auch mal rentiert. Hatte er hinzugefügt. Dann hatten sie mit Champagner angestoßen. Den zerbrechlichen Klang der Gläser hatte sie heute noch im Ohr. Sie waren allein. Und bis heute hatte es keine Bilder von ihr gegeben, die ihren Weg in eine Ausstellung gefunden hätten.

Auf dich.

Auf dich.

Damals hatten sie sich angelächelt.

Sie suchte im Stapel nach der CD, las den Namen des Komponisten. Mussorgsky, stand da geschrieben. Nie gehört, dachte sie. Auch die CD hatte sie nie gehört. Das wusste sie genau.

Sie ging zurück zu ihrem Arbeitstisch, griff nach dem Schlüsselbund und nahm es klimpernd auf. Sie drückte den kleinen Plastikknopf und der Autoschlüssel klappte fast geräuschlos heraus. Das

Klacken war ganz leise, sie hörte es kaum oder hatte sich schon daran gewöhnt. Den ausgeklappten Schlüssel in der Hand ging sie zurück zu ihrer Staffelei und staunte, wie leicht sich die Leinwand zerkratzen ließ. Sie malte ein metallenes X quer über den verlogenen, falschen Schmetterling und verstärkte gegen Ende des zweiten Striches den Druck, sodass die Leinwand riss. Die Staffelei mit ihren staksigen Holzbeinen hielt stand. Seltsam.

Erneut trat sie einen Schritt zurück und legte den Kopf prüfend schief. Wie Paul manchmal. Ja, so gefiel es ihr wesentlich besser, dieses Kinderbild, das keines war.

Zurück am Arbeitstisch betrachtete sie ihren aufgeschlagenen Skizzenblock. Ein Granatapfel staunte über sie.

32.

Es hatte ganz harmlos angefangen, jungfräulich, unschuldig, wie ein Spiel. Eene, meene, muh. Ein Spiel war es schon lange nicht mehr. Zunächst war es ein harter Griff an den Arm, dann eine harte Hand im Haar, schließlich ein unverfänglicher Schlag dieser Hand auf den Po. Wie versehentlich. Dann war es ein Biss auf die Unterlippe, der den Kuss erregender machte, als ein Kuss sein durfte. Es war ein Kniff in die Innenseite des Oberschen-

kels, der sich an einer Hüfte rieb. Es waren die durch eine Hand sanft abgedeckten Augen, die wie zufällig festgehaltenen Handgelenke. Am Anfang war es ein Spiel, dessen Regeln sie nicht verstand. Sie wusste nicht einmal, ob es Regeln gab. Als sie begriff, war es zu spät.

Der Schlag der Hand wurde kräftiger und fester, die Haut, die sie traf, wurde nackter, verwundbarer und befleckter. Die Bisse wanderten von der Unterlippe tiefer, trafen Hals, Brustwarzen und Bauch. Trafen die Achseln, die Beine und immer wieder die verletzlichen Innenseiten der Oberschenkel. Die Kniffe folgten den Bissen und ahmten nach. Manchmal dachten sie sich auch Neues aus, drei Finger in der Haut des Oberarms, sich drehend in zusammengequetschter Haut.

Die Hand hielt ein Holzlineal, einen Ledergürtel und irgendwann hielt sie die Peitsche. Sie begriff und es war zu spät, viel zu spät, um dem regellosen Spiel zu entfliehen. Es gab kein Entkommen. Die Hand legte Schals und Tücher und schwarze Binden um Augen, die schon leer waren, nicht mehr vor Neugier geweitet, aber fiebrig glänzend. Die Hand schlang Bänder und Seile um Gelenke, um Hände, Knie und Füße. Die Bänder waren rot und sanft und seidig. Dann kamen die Seile, rau und grob. Sie schnitten in die Haut und das war es, was die Hand wollte. Und dann kam der erste Tag, an dem die Hand die Zigarette hielt. Die glühende Zigarette.

Die Hand zeichnete Bilder auf die weiche, weiße Haut, indem sie Peitsche, Gerte und Wachs führte. Sie zeichnete flüchtige Bilder, nur für sie, nicht für die Ewigkeit bestimmt, und das tat sie besser als sie selber es je gekonnt hätte. Geübter, routinierter, freudvoller, kreativer. Die Hand griff ihr gelegentlich ins Haar und zog ihren Kopf, Augen verbunden, nach hinten, um abzuwarten. Beide warteten ab. Manchmal passierte nichts in der Dunkelheit, die sie umgab. Nichts außer diesem unbarmherzigen Griff. Manchmal traf sie ein Schlag, manchmal, sehr selten, Spucke. Sie wurde angespuckt und das wollte sie nicht. Es gab vieles in diesem Spiel, das sie nicht wollte. Oder vielleicht doch.

Die Hand entkleidete sie nie. Das hatte sie selber zu tun. Ein Blick ersetzte den Befehl und er reichte. Sie tat, was verlangt wurde, sie tat es immer. Sie zog sich aus, zu schnell, hastig. Wenn sie versuchte, sich dem zu widersetzen, hatte sie es zu bereuen, dann kannte die kontrollierte Wut der Hand keine Grenzen mehr. Sie hatte zu büßen und auch das war Teil des Spiels, gehörte zu den Regeln, die sie irgendwann mit ihrem Blut unterschrieben hatte. Das war der Tag, an dem sie ihre Seele verkaufte, sie in eine Hand legte, die ihrer nicht würdig war.

Sie hatte keine Kraft, diesen Pakt zu brechen. Sie hatte keine Kraft und keine Würde und keine Scham. Sie war ein Nichts in dieser Hand. Sie war eine Sklavin und sie war leer, ihr Innerstes immer aufs Neue geopfert auf einem teuflischen Altar.

Manchmal, wenn sie da lag, gefesselt und ausgeliefert, versuchte sie, ihren Gedanken Flügel zu geben und die Freiheit zu finden. Es gelang ihr nie. Ihre Gedanken blieben bei ihr, klebten an ihr, sahen ihm zu, diesem entwürdigenden Spiel mit den Regeln, die sie nicht wollte. Oder doch. Sie war sich nicht sicher. Sie war sich nie sicher. War sich nicht sicher, was die Hand als nächstes tun würde. War sich nicht sicher, wann sie sterben würde durch diese Hand. Es würde geschehen, das wusste sie. Sie wusste nur nicht wann. Die gierige Hand wollte mehr, immer mehr, aber ihr Innerstes hatte sie schon gegeben. Ihre Seele, sich selbst. Irgendwann würde die Hand nicht mehr mit Schreien, Stöhnen oder Blut zu besänftigen sein. Die Hand wollte alles. Die Hand wollte sie.

Manchmal probte die Hand das große Finale und legte Bänder um den zarten Hals. Die Bänder zogen sich zu, bis es keine Luft mehr gab, keine Zukunft, keine Hoffnung, kein Danach, kein Davor. Es gab nur ein Ringen, die Suche nach Grenzen, die Sehnsucht nach tröstlicher Ohnmacht. Atemlos. Luftlos.

Die Bänder hinterließen Male am Hals, die es mit bunten Tüchern abzudecken galt.

Sie besaß viele Tücher. Und es wurden immer mehr.

XI.

33.

Es war außergewöhnlich windig und kalt, Regen peitschte an die Fensterscheiben und die Folie, die die Reste der empfindlichen Klematis schützten sollte, schien reißen zu wollen. Es war dunkel und der Sturm verschluckte die Geräusche der Stadt oder trug sie fort. Es war dunkel an diesem Spätnachmittag über den Dächern der Stadt. Und es war Heiligabend.

Früher, ganz früher hatte sie an diesem so besonderen, immer wieder einmaligen Tag um diese Zeit in ihrem Kinderzimmer auf das Glöckchen gewartet. Bescherung. Es roch nach Holz und Zimt und Behaglichkeit und Aufregung. Ihre Augen strahlten, als sie dann an der Hand ihrer Mutter ins Wohnzimmer gehen durfte. Endlich, nach stundenlangem Warten. Der Tannenbaum erstrahlte im Glanz der Bienenwachskerzen, ihr Licht spiegelte sich in roten und silbernen Weihnachtskugeln und in den Lametta-Fäden. Damals gab es noch Lametta. Sie entdeckte staunend kleine Trompeten zwischen den Zweigen, glänzende Äpfel aus Glas, zarte, bunte Vögel mit fedrigen Seidenschwänzen. Unter dem Baum ein bunter Teller. Sie sah Lübecker Marzipan, Dominosteine, Lebkuchen und diese kleinen Fläschchen mit Eierlikör, Cognac und anderen verbotenen Dingen. Da waren Geleefrüchte und Zimtsterne und Mandarinen, alles bewacht von einem Schokoladenweihnachtsmann. Und weiter rechts stand die Krippe, zerbrechliche Figuren, die eine ewig alte und immer wieder junge Geschichte erzählten. Ihr Kinderlein kommet. Stille Nacht, heilige Nacht. So schön gesungen, so klar, so feierlich und so zu Herzen gehend. Friedlich. Und trotzdem tat sie, was alle Kinder am Heiligabend tun – sie schielte nach den bunten Päckchen und versuchte, deren Inhalt zu erraten. Heiligabend. Das war er, der Heilige Abend ihrer Kindheit. So sollte er sein. Der Kartoffelsalat-und-Würstchen-Heiligabend, der sich nach Vanille und Butter und Sahne anfühlte und der so heilig war und immer blieb. Zumindest in ihrer Vorstellung, denn wahrhaftige Erinnerungen an ihre Kindheit hatte sie nicht mehr. Sie hatte sie verloren und wusste nicht wo.

Sie nahm den tiefgefrorenen Lachs in Blätterteig aus dem Eisfach und befreite ihn von seiner schreiend bunten Verpackung. Der Backofen war aufgeheizt, sie bevorzugte Umluft, der Feldsalat vorbereitet, sorgfältig verlesen und gewaschen. Der Tisch war gedeckt: weiße Teller, Weingläser, schlichte Servietten, keine Kerzen, kein Gedöns, erst recht kein Weihnachtsgedöns.

Der, der Weihnachten verabscheute, saß nebenan im Wohnzimmer und sah einen Film auf DVD. Sie wusste nicht welchen, und es war ihr auch egal.

Nur manchmal hörte sie Musik, sonore Männerstimmen oder seine verhaltenen Kommentare. Er sprach mit sich selbst.

Sie legte den Lachs behutsam auf das Backblech und fragte sich kurz, ob der Rost nicht geeigneter sei, blieb aber bei ihrer Entscheidung. Sie war keine gute Köchin, sie war nicht geübt und es interessierte sie nicht. Die bunte Verpackung um Rat zu fragen, erschien ihr unnötig.

Das Dressing für den Salat kam aus einem kleinen Beutel und verlangte lediglich nach etwas Öl. Sie wählte das gute Olivenöl, das sehr gute, das unverschämt teure. Sie kostete das Dressing nicht und schmeckte es auch nicht ab. Stattdessen stand sie an der Tür, die auf die Loggia führte, und blickte hinaus in den sturmgepeitschten Nachmittag. Der Wind versuchte weiter, die Schutzfolie der Klematis zu zerbeißen, und irgendwo dort draußen entdeckten Kinder zarte, bunte Vögel mit fedrigen Seidenschwänzen in den Zweigen festlich und liebevoll geschmückter Tannenbäume. So sollte es sein, so wollte sie es haben. Genau so.

34.

Das Essen war gut, nicht zu edel, nicht zu außergewöhnlich, einfach nur gut und harmlos genug, um keine Weihnachtsgefühle aufkommen zu lassen.

Unverfänglich. Es sollte schließlich ein normaler Abend sein. Und das war er auch. Der Rotwein, den er ausgesucht hatte, war ebenfalls harmlos, mittlere Qualität, mittlerer Preis, ein Alltagswein. Und er erklärte ihr nochmals, warum dieser, der harmlose rote, so gut zum Lachs passte. Sie hörte nicht zu und stocherte im Salat. Das Dressing war zu sauer, was sie ihm aber nicht sagte. Es würde ihm nicht auffallen, wenn sie den Mund hielte. Wie so oft.

Das Dressing ist zu sauer. Sagte er beiläufig.

Ja, kann sein.

Sie aßen schweigend und der Winterwind umtobte das Penthouse und seine zwei Seelen.

Was machen wir heute Abend noch? Fragte sie und kannte die Antwort bereits.

Lass uns einen netten Film gucken.

Ja. Gut.

Und sie trank einen Schluck vom Rotwein, den sie auch zu sauer fand.

Eigentlich wäre es doch mal schön, richtig Weihnachten zu feiern. Einen richtigen Heiligen Abend zu haben. Mit Geschenken und Kerzen und Weihnachtsliedern. Ich fände das wirklich schön. So ganz … old fashioned eben. Wie früher.

Die Gabel ihres Gegenübers versank im Lachs, sein Blick im klebrigen Blätterteig. Vielleicht wäre der Rost doch besser gewesen, dachte sie.

Geht das schon wieder los? Wirst du jetzt sentimental? Wir waren uns doch einig, dass wir mit diesem spießbürgerlichen Getue nichts zu tun haben wollen, oder? Diese hoffnungslos kommerzialisierte Christen-Scheiße. Das hat doch längst nichts mehr mit Glauben oder Tradition zu tun, wie wir beide genau wissen. Und vor allen Dingen hat es nichts mit uns zu tun. Das ist doch nur noch ein Riesengeschäft. Ich mache da auf keinen Fall mit. Und du? Wer regt sich denn jedes Jahr aufs Neue über Lebkuchen im September auf? Und zwar lauthals? Wer schimpft über den alljährlichen Einkaufsmarathon? Wer sagte, man solle das Lied Last Christmas verbieten? Und die Typen von Wham! noch nachträglich einsperren? Na, wer war das noch eben?

Er brauchte einen besonders großen Schluck Wein, um Lachs und Empörung hinunterzuspülen.

Und aus der Kirche sind wir auch schon vor Jahren ausgetreten. Und zwar aus guten Gründen.

Du wolltest die Kirchensteuer sparen.

Ja, und? Was ist daran verkehrt?

Wir müssten es doch nicht gleich übertreiben – nur ein paar Tannenzweige oder einen kleinen Adventskranz. Das würde doch schon reichen.

Er antwortete nicht. Und selbst der Salat bemerkte seinen missbilligenden Gesichtsausdruck.

Oder ein kleines Geschenk. Wäre es nicht schön, wenn wir uns heute Abend Kleinigkeiten schenken würden? Etwas ganz Persönliches, etwas Besonderes?

Mein kleines Mädchen! Nachsichtig und milde wirkte sein Blick und die Falten unter der viel zu großen Nase erschienen tiefer denn je.

Du fährst übermorgen für eine Woche zum Skifahren in die Schweiz. Wie jedes Jahr. Ist das vielleicht auch eine Art Geschenk? Etwas Besonderes?

Sie nahm den Kampf schweigend auf.

Gut –du könntest ein Bild für mich malen, das wäre dann wirklich etwas Besonderes und etwas sehr, sehr Persönliches. Besser wäre allerdings, du würdest überhaupt mal irgendetwas malen und dann auch verkaufen. Und mir den Scheck überreichen, meinetwegen in Weihnachtspapier eingewickelt. Das wäre mal was! Das wäre richtig außergewöhnlich. Oh, du fröhliche! Ein Grund zum Jauchzen.

Er lachte sehr herzhaft über seinen Scherz, der keiner war. Sie glaubte, in der Ferne Glockengeläut zu hören, war sich aber nicht sicher. Vielleicht scherzte auch nur der Weihnachtswind.

Und du? Worüber würdest du dich freuen? So richtig freuen, meine ich. Der alljährliche Skiurlaub im Schweizer First-Class-Hotel, den sich dein Mann mühselig zusammenarbeitet, ist ja irgendwie nicht so das Richtige, wie es sich anhört, oder?

Er lachte wieder und diesmal klang es richtig böse.

Vielleicht einen kleinen, hochkarätigen Brillantring? Oder einen Ayurveda-Urlaub auf den Seychellen? Was wäre denn so das passende Geschenk für meine kleine Diva? Na, sag schon.

Und sie sagte es.

35.

Die Fahrt zurück aus den Schweizer Alpen dauerte lange. Wie jedes Mal. Er fuhr und sie saß neben ihm und ließ Landschaften und Häuser und Hochspannungsleitungen an sich vorüberziehen. Sie sah gut aus, erholt, gebräunt. Sie fühlte sich aber nicht so. Er sah aus wie immer. Und schwieg.

Das Autoradio lief und entließ dümmliche Popmusik in das Innere des Wagens. Sie hörte nicht hin. Und immer wieder Verkehrsnachrichten, unangebracht fröhlich von gutgelaunten Sprechern aus ihren warmen Studios heraus verlesen. Endlose Ketten aus Autobahnen und Orten, die sie nicht kannte. Umleitungsempfehlungen. Heute empfehlen wir.

Unser Küchenchef empfiehlt. Albern. Und still fragte sie sich, ob er das auch albern fand. Oder sogar kindisch.

Sie standen im Stau im Irgendwo. Sie wusste nicht, wo sie waren. Sie wusste nicht, wie lange sie schon standen. Sie hatte geschlafen, weggetragen von den sonoren Stimmen der Nachrichtensprecher, von seichter Unterhaltungsmusik und dem gleichförmigen Surren des PS-starken Dieselmotors. Sie standen auf der Mittelspur, vor ihnen ein Transporter mit verdrecktem, unleserlichem Nummernschild, rechts neben ihnen ein holländischer LKW, links ein Vater-Mutter-und-zwei-Kinder-Renault. Ein kleines Mädchen auf der Rückbank schnitt Grimassen und presste die Nase an die Scheibe. Er lachte nicht, er sah nicht hin, er hatte den Blick starr auf die Heckklappe des Transporters gerichtet und trommelte mit seinen schlanken Fingern auf dem Lederlenkrad. Ungeduldig. Äußerst ungeduldig und aufgebracht. Wie jedes Jahr.

Wo sind wir?

Er sagte es ihr.

Sie trank einen Schluck Wasser aus der Plastikflasche, die zu ihren Füßen lag.

Jetzt wäre ein Kaffee nicht schlecht.

Er antwortete nicht, aber sein Trommeln wurde schneller und nervöser. Er machte das Radio leiser und öffnete das Fenster. Kalte Luft strömte herein, gemischt mit Abgasen und der Ungeduld der anderen. Er schloss das Fenster sofort wieder und das kleine Mädchen lachte ihm hinter der beschlagenen Scheibe entgegen. So fröhlich.

Sie schwiegen und der Stau auf der Autobahn und in ihren Gedanken wurde immer länger. Aber wenn sie den Kopf zurücklehnte und ihre Augen schloss, fühlte sie sich nicht eingesperrt. Sie lauschte seinem hektischen Trommeln und hätte an Afrika denken können. Tat sie aber nicht.

Du hast das nicht ernst gemeint, oder? Das, was du Heiligabend beim Essen gesagt hast?

Sie lächelte ganz sanft und zart und stellte sich das Gesicht vor. Das Gesicht desjenigen, der voller Ungeduld und Trotz auf dem Lederlenkrad trommelte, so laut es ging. Der mit den schönen, sehnigen Händen und der viel zu großen Nase. Der, dessen Langmut erschöpft war, der, der nun endlich ausspucken musste, was so lange in ihm gegärt und gebrodelt hatte. Es brach aus ihm hervor. Die Saat ging auf. Endlich.

Doch. Natürlich. Ich habe das sogar sehr ernst gemeint. Antwortete sie.

Nun hielt er das Lenkrad fest. Die Knöchel traten unter der Anstrengung hervor, knochig und markant. Er hielt sich fest. Zu lenken gab es nichts. Sie standen.

Warum? Erkläre es mir.

Sie sah aus dem Fenster und sah den Schmutz auf der Plane des holländischen LKW. Dreck. Straßendreck. Autobahndreck. Weite Wege vor und hinter ihm. Viele Kilometer.

Sprich mit mir. Bitte.

Ihr Schweigen war laut und unbarmherzig. Die Stimme des Radiosprechers leise.

Halt`s Maul. Ich weiß selber, dass wir im Stau stehen.

Er drückte einen Knopf und das Radio schwieg. Sie schwieg mit.

Bitte, erkläre es mir. Bitte.

Er bat selten. Sie wunderte sich. Es klang gut.

Was genau soll ich dir erklären? Kam sie ihm entgegen. Nur ein bisschen und sehr vorsichtig, bedacht, umsichtig, klug. Das kleine Mädchen links neben ihnen war nicht mehr zu sehen. Vielleicht schlief sie.

Das weißt du genau. Du weißt ganz genau, wovon ich spreche.

Er gab nicht klein bei, niemals. Auch jetzt nicht. Sie schwieg weiter.

Er räusperte sich schließlich und ließ das Lenkrad nicht los, den Blick weiterhin unverwandt auf die Heckklappe vor ihm gerichtet. Starr.

Sag mir, weswegen ich noch einen Menschen verschwinden lassen soll. Erkläre mir, wie du dir allen Ernstes einen Mord wünschen kannst, den Tod eines Menschen. Lass es mich verstehen. Ich will es einfach nur verstehen.

Sie hatte lange gewartet und nun war sie da, die Chance. War ihr willkommen auf dieser Autobahn, in diesem Stau, eingekeilt zwischen LKW, Transporter und einem Durchschnitts-Renault, in welchem ein kleines Mädchen saß. Ohne Möglichkeit, zu entkommen.

36.

Sie wandte sich dem zu, der weiterhin starr geradeaus sah, die Hände fest am Lederlenkrad. Sie lehnte ihren Kopf mit den raspelkurzen hellblonden Haaren, nun durch die Schweizer Bergsonne gebleicht, an seine Schulter. Sie roch ihn und er roch gut. Sie saß unbequem, der Schaltknüppel bohrte sich in ihre Seite. Sie küsste ihn auf die eingefallene Wange und richtete sich auf, um sich dann wieder auf dem Beifahrersitz zurechtzusetzen. Bequem.

Es ging dir so gut, nachdem dieser Typ aus der Personalabteilung endlich weg war. Es ging dir so gut und du warst glücklich und stolz. Ich weiß, du würdest das niemals zugeben, aber ich habe dich doch gesehen. Ich sehe dich schließlich jeden Tag. Und ich kenne dich viel besser als du denkst. Es hat dich stolz gemacht. Du hast dir die Macht genommen, die du verdienst. Die dir zusteht. Du warst plötzlich der mächtigste Mensch auf der ganzen Welt. Du warst Herr über Leben und Tod. Du warst wie Gott. Nein: Besser als Gott. Viel stärker. Sag nicht, dass hätte sich nicht gut angefühlt für dich! Du warst so gut drauf, damals, im letzten Sommer. Und nein – das hatte nicht nur etwas damit zu tun, dass du ein berufliches Problem erfolgreich gelöst hast. Das war nur die eine Seite. Die andere war, dass du es genossen hast, Gott zu spielen. Nein, nicht zu spielen. Zu sein. Gott zu sein. Du warst so mächtig und so glücklich. Und damit hast du mich glücklich gemacht. Sehr, sehr glücklich. So glücklich wie noch nie. Und so stolz. Willst du das nicht wiederhaben, dieses Gefühl absoluter Macht? Diesen einmaligen Kick? Willst du etwa einfach für ewig zurück in die Tretmühle, nachdem du dieses Gefühl hattest? Und immer so weitermachen? So durchschnittlich? So erbärmlich normal? Das bist doch nicht du. Das ist doch nicht der Mann, den ich liebe. Lass uns doch das Besondere leben und tun. Das nicht Durchschnittliche. Du hast die finanziellen Mittel und die todsichere Methode, um dir das absolut Außergewöhnliche zu gönnen. Und ob das Geld nun weiter auf irgendwelchen Konten rumliegt oder nicht, ist doch völlig egal. Das Besondere im Leben kostet nun mal. Tu es für dich und tu es für uns. Wenn es dich glücklich und stolz macht, ist es eine gute Investition. Die beste. Verstehst du das denn nicht? Du investierst in deine Macht, in das beste Gefühl, das es gibt. Du kannst dir Gott sein kaufen. Stell dir das vor: Gott sein. Wer kann das schon? Wer wüsste schon, wie das geht? Nur wir. Und wir brauchen keine neuen Autos oder Häuser oder Goldbarren. Wir haben doch schon alles. Wir leben im absoluten Luxus. Alles, was fehlt, ist das Gottgefühl. Und auch das ist käuflich. Alles ist käuflich. Und wenn der Preis hoch ist, muss halt die Gegenleistung stimmen. Ist doch so, oder? Das sagst du doch immer.

Er hatte sich nicht gerührt. Er starrte weiter geradeaus. Der hagere Brustkorb hob und senkte sich unter der wattierten Jacke, edle Marke, Understatement.

Sie warteten. Sie warteten auf das Ende des Staus, auf Bewegung vor und neben ihnen. Und auf Bewegung in ihren Herzen. Auf Worte.

Wer? Fragte er schließlich. Und schluckte trocken, nachdem er das Wort herausgewürgt hatte. Dieses eine kleine Wort.

Wer sollte es sein?

Entscheide. Erwiderte sie. Irgendwer. Der unfreundliche Postbote. Die Kellnerin, die dich neulich mal um zwei Euro beschissen hat. Oder die Sekretärin, die dich schon seit Jahren nervt. Diese ältere, verhuschte. Oder jemand, dessen Gesicht dir nicht passt, der die falsche Hose trägt, der dir einen Parkplatz weggenommen hat. Irgendwer. Such aus. Wähle. Jede Wahl ist die richtige, ob mit oder ohne Grund. Wähle. Denn du kannst über Leben und Tod entscheiden. Du bist Gott.

Der weiße Transporter vor ihnen, der mit dem verdreckten Nummernschild, setzte sich langsam in Bewegung. Auch der LKW rollte. Auf der linken Spur ging es schneller, der Renault überholte sie und das kleine Mädchen sah ihnen im Vorbeifahren nach und winkte. Sie hatte wohl doch nicht geschlafen.

Er winkte nicht zurück. Er würgte den Wagen ab.

37.

Koffer und Skiausrüstung waren vorerst verstaut, die Post gesichtet und sortiert, die Werbung entsorgt und der Kaffeevollautomat hatte einen doppelten Espresso und einen Cappuccino ausgespuckt und gurgelte erschöpft nach.

Die Fahrt hatte nicht nur wegen des Staus viel zu lange gedauert. Sie waren müde von der Monotonie der Straße und der ihrer Gedanken. Auf den letzten 300 Kilometern der Strecke hatten sie kaum ein Wort miteinander gesprochen. Auch das Radio hatte geschwiegen. Weitere Verkehrsbehinderungen waren nicht anzusagen, alles lief nach Plan.

Auf eine Kaffeepause hatten sie verzichtet – zu intim wäre er gewesen, dieser Moment. Zwei sprachlose Fremde auf fremdem Terrain.

Möchtest du noch einen Espresso?

Nein. Antwortete er und riss mit seinem schlanken Zeigefinger ein Briefcouvert auf. Sie hasste das und reichte ihm ein Messer über den Tisch, das er ignorierte. Er faltete das Schreiben auseinander und las. Sie fragte nicht danach, was er las, und räumte die Kaffeetassen in die Spülmaschine

Erinnerst du dich an diesen Typen, der damals deinen Aufnahmeantrag abgelehnt hat? Der dich nicht dabei haben wollte, in diesem piekfeinen Golfclub? Weißt du das noch? Du warst unglaublich sauer. Erinnerst du dich?

Er blickte auf von dem Schriftstück, das er in den Händen hielt. Er sah sie an und zwischen ihnen lag das unbenutzte Messer. Er sah sie lange an und sie hielt ihm stand, diesem flackernden Blick. Er sah sie an und sie stand da, vor dem gähnenden Schlund der Geschirrspülmaschine, und hielt sich an einem Teelöffel fest.

Du widerst mich an.

Nein. Schneidend und schrill war es, dieses Nein.

Nein, das glaube ich nicht. Weißt du, was dich in Wirklichkeit anwidert? Deine fehlende Courage, deine Angst, deine Feigheit widern dich an. Und deine jämmerliche Durchschnittlichkeit, dein fehlender Biss, deine Unentschiedenheit. Du widerst dich selber an in deiner Mittelmäßigkeit. Ich habe damit nichts zu tun. Aber bitte – ganz wie du willst. No risk, no fun. Sagte sie und klopfte mit dem Teelöffel in ihre Handinnenfläche. Schlug den Takt und rotlackierte Fingernägel spiegelten sich in Cromargan.

So sprangen die Blicke zwischen der Frau mit dem raspelkurzen hellblonden Haar und dem hageren Mann mit der viel zu großen Nase hin und her. Und beide wussten, alles liefe nach Plan.

XII.

38.

Er war immer ein zufriedener, manchmal sogar ein glücklicher Mann, ein Herr. Hochgewachsen war er, schlank, aber nicht zu dünn, eine feingliedrige, stolze, elegante Erscheinung trotz oder wegen seines fortgeschrittenen Alters. Er hatte Stil. Und er hatte ein erfolgreiches Leben hinter sich, ein Leben, das so erfolgreich und gesegnet verlaufen war, dass es jeden Abend, den er in seinem eigenen Haus vor dem Kamin verbrachte, lesend oder denkend, rechtfertigte. Dieses Leben war ein Geschenk, das er sich mit der gebotenen Härte, aber ohne allzu viel Mühe erarbeitet hatte. Er nannte drei wohlgeratene, erwachsene, erfolgsverwöhnte Kinder sein eigen, vier, aus der Distanz betrachtet, entzückende Enkel, einen betagten Basset und ein wunderbares Eigenheim in naturbelassener Gegend mit unverbaubarer Aussicht. Er hatte nette Nachbarn, verlässliche Freunde und beschauliche Hobbys. Er liebte klassische Musik und Golf. In Letzterem hatte er es zwar nie zu herausragenden Leistungen, aber immerhin zu einigem Ansehen in dem bekannten Club gebracht, aus dem er sich mittlerweile zurückgezogen hatte. Er hatte immer genau gewusst, wann es Zeit war, zu gehen.

Er hatte eine wunderbare, adrette Frau, etwas gebrechlich zwar, aber immer noch vorzeigbar und ihm in jeglicher Hinsicht eine unersetzliche Stütze. Sie war sorgend und liebevoll und zutiefst dankbar für das, was er ihr bieten konnte. Dankbar für das sorgenfreie Leben an seiner Seite. So dankbar war sie, seine Ehefrau, dass sie sein Verhältnis, welches er seit circa 35 Jahren zu der mittlerweile ebenfalls pensionierten Grundschullehrerin des Nachbardorfes unterhielt, seit circa 34 Jahren tolerierte. Keine Fragen, keine Vorwürfe, keine Anklagen, keine Drohungen – Augen zu und durch. Contenance, bitte. So ließ sich gut leben, so konnte vor allen Dingen er gut leben.

Das Einzige, worum sie ihn regelmäßig bat, war, Getränke mitzubringen, wenn er fortfuhr. Reichlich Bier, Wasser und Apfelschorle aus dem Getränkehandel des Nachbardorfes. Damit alles im Hause sei, wenn Besuch käme. Bier, Wasser, Apfelschorle und vielleicht eine Kiste Cola-Fanta-Sprite, gemischt, für die Enkel. Ja, das wäre eine gute Idee. Die Kinder würden sich sicher freuen.

Also belud er in eisiger Januarkälte den weißen SUV, ein Zugeständnis an den zweifachen Bandscheibenvorfall, den seine Frau vor einigen Jahren erlitten hatte, mit Leergut und machte sich auf ins Nachbardorf, wo neben dem Getränkehändler mit frischer Ware auch eine pensionierte Grundschullehrerin mit dem, was er unter gutem, unproblematischem Sex verstand, auf ihn wartete. Er küsste seine Frau auf die Stirn und nahm dann wie immer die Abkürzung über die Piste, die das Wäldchen durchschnitt, den Geheimweg, Durchfahrt nur für landwirtschaftliche Fahrzeuge. Wen kümmert es. Mit einem hochpreisigen SUV war die Abkürzung auch im tiefsten Winter kein Problem, wie er dank langjähriger Erfahrung wusste.

Der Mann, der ihm in der Nähe des Hochsitzes mitten auf der Piste wie aus dem Nichts entgegenlief, fuchtelte wild mit den Armen und machte insgesamt einen etwas desolaten Eindruck. War es Blut auf dessen Stirn, was er da sah? Er hielt an und ließ die Fensterscheibe hinunter. Was denn los sei? Ob man helfen könne?

Ja, bitte, er müsse unbedingt ins nächstgelegene Dorf, man habe ihn bestohlen – Auto, Handy, alles weg. Er benötige dringend Hilfe. Wirklich sehr dringend.

Er öffnete die Fahrertür und wunderte sich über die Sonnenbrille, die aus der Jacke des Bestohlenen fiel, als dieser ausholte, um ihn niederzuschlagen.

XIII.

39.

Es war Abend, als sie auf dem dunkelgrauen Sofa, einem durchgesessenen, fleckigen Dreisitzer, gesessen hatte. Es war irgendein Abend in diesem Leben, in welchem die Abende so beliebig, so austauschbar waren, so egal. Sie saß auf dem Sofa und sie war vollständig angezogen. Auf ihrer Stirn und unterhalb ihrer Augen hätte sie lediglich den langsam verblassenden Abdruck der schwarzen Augenbinde entdecken können. In ihrem Nacken, so wusste sie, wäre ein hellrotes Brandmal zu erkennen gewesen. Sie konnte seine Hitze fühlen. Die Spucke auf ihren Brüsten hatte sie mit dem Ärmel ihres T-Shirts abgewischt. An die Zahnabdrücke, die, einer Perlenkette gleich, ihre Brustwarzen umgaben, dachte sie nicht.

Sie dachte überhaupt nicht an das, was sich in den vergangenen zwei Stunden hier, auf und neben dem dunkelgrauen, durchgesessenen Sofa ereignet hatte. Sie dachte auch nicht darüber nach, warum sie hierhergekommen war. Oder warum sie wieder käme, wenn sie gerufen würde. Sie käme wieder und wieder und wieder. Das wusste sie und sie dachte nicht darüber nach. Wollte es nicht, konnte es nicht. Kraftlos. Keine Kraft.

Sie dachte stattdessen an die Tabletten, die auf sie warteten und von denen sie sicher sein konnte, dass sie ausreichen würden. Sie wusste, es wäre kein großer Aufwand erforderlich und sie könnte Frieden finden. Hier, auf dem dunkelgrauen, durchgesessenen Dreisitzer, der spitze Metallteile freigab, um sie zusätzlich zu martern und zu quälen. Es wäre so einfach, und ihr Körper könnte ihrer Seele, die schon lange nicht mehr atmete, folgen, sie umarmen und trösten. Vielleicht war sie dazu noch kräftig genug, diese willenlose, geschundene Hülle.

Sie besah sich die Innenseite ihrer Handgelenke. Bläulich schimmernde Adern traten hervor, vereinigten sich zu etwas Größerem, trennten sich erneut und verloren sich in der Tiefe des Gewebes. Fanden sie im Herzen zueinander? Vielleicht.

Ihr Finger folgte den Linien, drückte weiße, flüchtige, harmlose Flecken in die Haut. Flussdelta. Es sah aus wie ein Flussdelta und es würde ganz einfach sein, diese zarten, bläulichen Flussarme zu zerstören, um dann in einen ewigen, roten Schlaf zu fallen. Das dunkelgraue Sofa würde ihr Blut trinken und es nie wieder hergeben.

Sie weinte. Sie weinte um ihr Leben, ihren Tod und um sich. Bittere Tränen. Mutlose Tränen. Verlassene Tränen. Sie wusste, auch der Mut der Verzweiflung hatte sie verlassen. Womöglich für immer.

XIV.

40.

Die Frauen gingen einen Waldweg entlang. Sie gingen langsam, der Schnee lag hoch und bedeckte das Leben mit flauschiger Kälte. Paul war im Wald verschwunden, versunken in die Neuigkeiten, die dieser für ihn, den ehemaligen ungarischen Straßenhund, bereithielt. Paul liebte Schnee, diese unschuldige, aufregende Besonderheit, die es nie bis in die ungarische Puszta oder in die entlegene Kleinstadt, in der geboren war, geschafft hätte. Zu weit wäre er gewesen, der Weg.

Und das am Frühlingsanfang. Ätzend. Das Wetter hängt mir ja vielleicht aus dem Hals. Sagte die größere der beiden Frauen, die mit den welligen, dunkelbraunen Haaren, die nun unter einer bunten Mütze versteckt waren.

Aber zumindest Paule hat seinen Spaß. Ihm gefällt es doch offensichtlich sehr. Erwiderte die andere, die neben ihr ging, ein dunkelblaues Stirnband im raspelkurzen blonden Haar. Beide Frauen in dicken Winterjacken, mit Schal und Handschuhen.

Wo ist er überhaupt?

Da hinten, glaube ich. Sie pfiff.

Beide blieben stehen. Ein weiterer Pfiff, schriller und lauter nun, und Paul trottete, die Nase unverwandt im Schnee, auf sie zu.

Zu dritt setzten sie ihren Weg fort und vermissten die Vogelstimmen, die Ende März eigentlich erklingen sollten. Sie waren nicht da und auch andere Spaziergänger kamen ihnen nicht entgegen. Es war einfach zu kalt. Nur der Schnee knirschte unter ihren Schritten.

Im Märzen der Bauer die Rösslein einspannt. Sang die Kleinere leise.

Sehr witzig. Los, Paul, nicht trödeln. Komm jetzt. Die würden aber wirklich knietief im Schnee versinken, die blöden Rösslein.

Und wo sind eigentlich die Singvögel? Sind die schon wieder abgereist? Vielleicht haben die ja eine Art Reiserücktrittversicherung für solche Fälle. Was meinst du?

Die andere schwieg und stapfte voran. Wie ein übellauniges Bauernweib. Dachte die Blonde.

Nun lach doch mal! Du hast aber auch eine fiese Laune heute. So schlimm ist das doch nun auch wieder nicht. Das bisschen Schnee – meine Güte, stell dich bloß nicht so an. Komm Paule, fang den Schneeball. Und ihr Fuß stieß in den Schnee und beförderte ihn in das Hundegesicht, das sofort begann, Löcher in die Luft zu beißen. Die Frau mit dem raspelkurzen Haar lachte, die andere nicht. Sie lachte auch nicht, als ihre Freundin ausrutschte und mit den Armen rudern musste, um nicht die Balance zu verlieren. Sie lachte nicht, obwohl es komisch aussah.

Und? Im Verlag alles klar? Fragte die Blonde, atemlos.

Ja, alles klar. Wie immer halt.

Sie stapften weiter, wort- und ideenlos. Und Paul verschwand wieder im Wald.

Und du? Hast du denn nun mal wieder was gemalt? Die andere meinte, einen leichten Vorwurf zu hören, war sich aber nicht sicher.

Nein, Liebes, es fehlt mir immer noch an der Inspiration. Kreativität lässt sich eben nicht erzwingen, da muss man als Künstlerin Geduld aufbringen, man muss abwarten können. Das ist eben ganz anderes Arbeiten als das, was du machst, zum Beispiel.

Ja, klar, schon verstanden. Aber du wolltest doch Schmetterlinge oder Blumen oder so was malen. Das war doch deine letzte Idee im vergangenen Jahr. Bilder, die fröhlich machen.

Ach, du hast ja keine Ahnung, wie schwer es ist, einen Schmetterling aufs Papier zu bekommen. Das ist so unglaublich kompliziert. Ich glaube auch, diese Art der Malerei liegt mir nicht so sehr, das ist irgendwie nicht mein Ding. Verstehst du? Ich brauche etwas anderes, um mein künstlerisches Talent entfalten zu können. Eine ganz andere Richtung eben.

Ach so. Und wieder pfiff sie, einmal, zweimal. Beim dritten Mal, der Ton klang fordernd, aggressiv und böse, kam der Hund ihnen entgegen. Fragend war sein Blick. Eine Antwort erhielt er nicht. Kapriziös. Der Dunkelhaarigen fiel das Wort kapriziös ein und sie hätte nicht sagen können, warum. Kapriziös. Ein schönes Wort. Gedanklicher Wohlklang in der eisigen Kälte dieses feindlichen Märztages.

Und er? Was gibt es von ihm Neues? Fragte die andere den Schnee, der unter ihren gefütterten Lederstiefeln mit Profilsohle knirschte und aufquietschte und schließlich doch nur plattgetreten wurde.

Die andere schwieg und putzte sich die triefende Nase. Auch ihre Augen tränten. Der Wind frischte auf, nicht in Form einer sanften Frühlingsbrise, sondern unfreundlich, verletzend und schneidend.

Hat er denn sein Anlageproblem nun endlich mal gelöst? Hat er einen neuen Maserati gekauft oder eine Immobilie auf Sylt? Oder vielleicht das Schnäppchen im Osten ergattern können?

Du bist wirklich böse. Schlecht gelaunt und böse. Das kann doch nicht nur am Wetter liegen, oder?

Die Dunkelhaarige trottete weiter, schien selbstvergessen, versunken. Und Paul war weiter im Wald auf der Suche nach was auch immer. Es störte sie nicht.

Wieso hast du denn bloß so schlechte Laune? Was ist passiert?

Nichts.

Komm, nun sag schon. Schniefte die andere neben ihr.

Ach, das Übliche eben. Der Wagen muss zur Inspektion, ich brauche außerdem einen Satz neuer Sommerreifen und überhaupt habe ich mal wieder das Gefühl, ich kann machen, was ich will – ich komme einfach auf keinen grünen Zweig.

Im Moment gibt es auch keine grünen Zweige. Oder siehst du hier irgendwo einen?

Das ist nicht witzig. Wirklich nicht.

Weißt du was? Ich sehe heute mal meinen Kleiderschrank durch und sortiere aus. Dann musst du dir zumindest über deine Frühlingsgarderobe keine Gedanken mehr machen. Was hältst du davon? Gute Idee, oder?

Eine Woge von Zuneigung durchströmte die Dunkelhaarige und wärmte sie von innen. Eine Welle von Zuneigung, Liebe und Nachsicht. Nicht von Dankbarkeit.

Sie gingen weiter auf dem Waldweg, und mit jedem Meter, den sie zurücklegten, wurde es winterlicher und weißer unter den kahlen Bäumen, vom Frühlingsanfang völlig unbeeindruckt. So sahen sie jedenfalls aus, diese Bäume, aber vielleicht war es auch ganz anders. Wer hätte das schon beurteilen können.

Nun sag schon – bist du immer noch auf der Suche nach dem Butter-Dingsbums-Leben oder nicht?

Die Blonde antwortete nicht. Der Wind schlug ihr eisig ins Gesicht und die eisige Stimmung aufs Gemüt.

Ich frage ja bloß. Immerhin war das doch ewig das große Thema: Wie legen wir unsere Ersparnisse möglichst gewinnbringend an? Sein riesengroßes Problem, das ihm schlaflose Nächte bereitet, während andere Leute nicht wissen, wie sie ihre Miete bezahlen sollen. Scheiß-Wetter, verdammtes. Fügte sie hinzu.

Und blieb stehen, um sich nach dem Hund umzugucken. Sie sah ihn nicht, ging trotzdem weiter. Hundert Meter weiter, der Waldweg zeichnete eine sanfte Kurve, rannte Paul den Frauen entgegen. Er lachte und hätte ihnen gerne von seinen Abenteuern erzählt.

Na, da kommt er ja. Oder hat er endlich sein Boot gekauft? Das habt ihr doch auch mal überlegt, wenn ich mich nicht irre.

Sie ließ nicht locker, wurde des Nachhakens nicht müde. Der Schneeteufel ritt sie und der ausbleibende Frühling feuerte ihn an.

Es gibt nichts mehr zu überlegen. Das Geld ist weg. Sagte die andere schließlich ziemlich leise gegen den Wind und gegen das Hecheln des rennenden Hundes.

Was?

Beide Frauen blieben stehen und sahen sich an. Paul blickte zu ihnen hoch. Er hätte ihnen so gerne von seinen Abenteuern und den Geschichten des verschneiten Waldes erzählt. Er hatte nämlich den Frühling entdeckt.

41.

Was soll das heißen, das Geld ist weg? Was meinst du damit?

Ich meine es genau so, wie ich es gesagt habe. Er hat kein Geld mehr, er ist pleite, blank, abgebrannt – nenn es, wie du willst.

Du willst mich doch verarschen, oder?

Nein.

Wirklich nicht?

Wirklich nicht.

Das kann doch gar nicht sein. Was habt ihr denn damit gemacht?

Nicht wir, er hat gemacht.

Und was? Wofür hat er es ausgegeben?

Das weiß ich nicht.

Das weißt du nicht?

Nein.

Jetzt lass dir doch nicht jeden Satz einzeln aus der Nase ziehen.

Das Geld ist weg und ich weiß nicht, wo es geblieben ist. Ich weiß nur, dass wir keine Ersparnisse mehr haben. So einfach ist das.

Hat er es verliehen? Oder verzockt? Hat er sich verspekuliert? Irgendwelche komischen Geschäfte vielleicht? Er muss dir doch etwas gesagt haben – das gibt es doch gar nicht.

Sie standen sich gegenüber und hatten die Kälte vergessen. Die von Fragen und Wind gerötete Nase der kleinen, blonden Frau lief und sie nahm den Ärmel ihrer Jacke, um sie abzuputzen. Paul war zurückgelaufen in den Wald und erzählte den Bäumen von den Abenteuern, die hinter und vor ihm lagen. Die Augen der Frau mit den raspelkurzen Haaren wurden feucht und tränten und es lag nicht am Wind. Die Größere, die mit der Mütze, umarmte sie.

Es tut mir leid. Es tut mir so leid. Flüsterte sie und hielt sie fest. Eine behandschuhte Hand strich tröstend, tröstlich und wärmend über blondes, kurzes Haar und ein dickes Stirnband.

Ich habe immer gesagt, er tut dir nicht gut. Fügte sie noch leiser hinzu. So hielten sie einander an diesem Frühlingstag, der keiner war. Und Paul, der ehemalige ungarische Straßenköter, ging seiner verschlungenen Wege.

XV.

42.

Ihre Söhne waren 12 und 14 Jahre alt. Blonde, schlaksige Jungen mit sommertags ständig aufgeschlagenen Knien. Jungen, die Fußball liebten und Streethockey auch und Autos sowieso, die Skateboard fuhren und sich ab und an kloppten. Jungen, die immer Hunger hatten und Unmengen Spaghetti oder Pommes verdrücken konnten. Jungen, die schneller wuchsen als sie Hosen nachkaufen konnte, die sich ungeschickt bewegten auf ihren viel zu langen Fohlenbeinen und immer etwas zerschlugen, fallenließen, umstießen. Jungen, die oftmals schlecht rochen und vergaßen, sich die Zähne zu putzen, die heimlich Fernsehsendungen sahen, die sie nicht ansehen sollten. Jungen, die ebenfalls heimlich am Kirschlikör nippten und sie manchmal in den Arm nahmen. Jungen, die nicht mehr zugeben konnten, Angst im Dunkeln zu haben, aber auf den allabendlichen Gute-Nacht-Kuss bestanden. Realschüler mit durchschnittlichen Noten und ohne große Träume. Gesunde, prächtige, lebhafte, fröhliche Jungen. Sie hasste sie, diese, ihre Jungen.

Sie, die kleine, rundliche Frau mit hängenden Mundwinkeln, geröteter Gesichtshaut und schlecht sitzender Dauerwelle hatte einmal Chemie studiert und sie war gut, richtig gut in diesem Fach. Das war ihre Welt, das Labor mit Formeln und Berechnungen, Glaskolben und Bunsenbrenner, fernab von dem, was man Leben hätte nennen können. Und dann war er gekommen, der Vater der Jungen, ein mittelmäßig begabter Student ohne Ambitionen. Er hatte sie geschwängert, ein Mal, zwei Mal, und sie dann in einem mittelmäßigen Einfamilienhaus in einem mittelmäßigen Dasein eingesperrt, ohne ihr die Chance zu geben, sich zu wehren. Und fortan bewegte sie sich zwischen Kochtöpfen, Bügelwäsche, Elternsprechtagen, Rasenpflege und der Sorge um und für ihre Jungen. Sie war Ehefrau, Mutter und eine gescheiterte Existenz mit verpufften Träumen. Sie war verbittert und sie war diejenige, die ihrem Mann die Butterbrote schmierte.

Ab und zu brach sie aus, um ihre Eltern zu besuchen. Ihr Vater, emeritierter Professor des Faches, das sie einst geliebt hatte, ihre Mutter, ihr so ähnlich, aber glücklich in ihrem Leben und so bemühtstolz auf die Mittelmäßigkeit ihrer Tochter. Ob ihre Mutter sie hasste, wusste sie nicht. Wenn sie zu ihren Eltern fuhr, nahm sie die Bahn. Den Wagen brauchte der, der sie einem ungeliebten Leben ausgesetzt hatte. Der, dem das egal war. Der, der zufrieden war mit dem Wenigen, das er hatte und nie nach einem Mehr fragen würde.

Sie nahm die Bahn und im Abteil sprach sie ein Mann an. Man habe zusammen studiert. Ob sie sich wirklich nicht an ihn erinnere? Das sei ja kaum zu glauben. So ein Zufall! Anorganische Chemie? Erstes Semester? Nein? Sie erinnere sich wirklich nicht? Schade. Aber schön sei sie, noch schöner als damals. Er sei etwas in sie verliebt gewesen, habe ihre Nähe gesucht. Daran erinnere sie sich aber sicherlich auch nicht mehr. Alles so lange her, viel zu lange. Sie errötete und ihre gerötete Haut glühte.

Sie erreichten den Bahnhof der Stadt, in der ihre Eltern wohnten. Ob er sie noch auf ein Gläschen Wein einladen dürfe? Man müsse das Wiedersehen doch feiern. So ein Zufall! Nein, ihre Eltern würden warten. Nein, das täte ihr leid. Ob er sie dann zumindest hinfahren dürfe? Er müsse sowieso einen Mietwagen nehmen. Wie gerne würde er noch einige kostbare Minuten mit ihr verbringen. Das könne sie ihm nicht abschlagen, nach all den Jahren. So hartherzig sei sie nicht, ganz bestimmt nicht. Das sei sie nie gewesen, die schöne junge Frau aus der anorganischen Chemie. Er sah ihr tief in die Augen: Bitte.

So saß sie mit geröteten Wangen und leuchtenden Augen auf dem Beifahrersitz eines geräumigen Mietwagens mit Lederausstattung und war ziemlich erstaunt, als sich anstatt weiterer Komplimente harte, männliche Hände unerbittlich um ihren Hals legten und ihr die Luft zum verbitterten Atmen nahmen. Und die Energie, um ihre Jungen weiter hassen zu können. Und schließlich das Leben.

XVI.

43.

Sie lag auf dem Designer-Sofa, die Arme hinter dem Kopf verschränkt. Wohlig warm war es, gemütlich. Sie konnte den Himmel sehen über der Stadt, sah Wolken, ab und an ein kleines Stückchen Blau. Der Frühling kämpfte um sein Leben und er würde ihn gewinnen, diesen Kampf. Er gewann ihn jedes Jahr. Früher oder später. Ihre Gedanken folgten dem Flug der Wolken, tanzten, hüpften, sangen. Es ging ihr gut.

Sie hörte seinen Schlüssel im Schloss und wenig später das leise Klacken eines Kleiderbügels. Holz und Metall, gedämpft vom schweren, schwarzen Leder der Jacke. Sie hörte, wie er seine Aktentasche zu heftig auf dem Parkett abstellte und dann seine Schuhe auszog. Auf Strümpfen ging er den Flur entlang und zog die Toilettentür hinter sich zu. Ein Hallo! hörte und vermisste sie nicht.

Das ferne Rauschen der WC-Spülung passte gut zu dem verspäteten Winterwind, der die Wolken vor sich hertrieb und ihnen das Frühlingsblau zu entlocken versuchte. Sie dachte und träumte und sie fühlte sich gut.

Er kam ins Wohnzimmer und setzte sich in den breiten Sessel, dem Sofa gegenüber, unter dem

Fenster und unter den Wolken. Er setzte sich hin, in Anzug und Socken, und sah schlecht aus. Blass, kränkelnd, grau, eingefallen. Ja, das hagere Gesicht mit der viel zu großen Nase wirkte eingefallen und alt, verbraucht. Knochige, sehnige Finger nestelten an der gestreiften Krawatte und lösten den Knoten. Er zog sie vom Hals und warf sie gedankenlos über die Sessellehne. Gedankenlos? Seine Hände wirkten fahrig, umtriebig, nervös. Und nein – gedankenlos war er nicht. Verstummt war er und fuhr sich mit beiden Händen über Augen und Stirn. Knochige Schultern unter dem gepolsterten Sakko. Er machte ein Geräusch, das dem Niemandsland zwischen Stöhnen und Seufzen entsprang.

Bist du müde? Magst du einen Kaffee? Einen doppelten Espresso vielleicht? Wie immer? Fragte sie ihn und konnte nicht aufhören, sich großartig zu fühlen.

Nein.

So saß er da, vorn übergebeugt, den Kopf in den Händen abgestützt, eine gestreifte Krawatte neben sich. Er wirkte schmal und gebrechlich und der Sessel war zu groß.

Oder hast du Hunger? Möchtest du eine Kleinigkeit essen?

Nein. Presste er hinter seinen Händen, die das Gesicht hielten, hervor.

Leid tat er ihr nicht.

Sie sprang federnd auf, zupfte ihren XXL-Zopfpullover zurecht und tänzelte in die Küche. Wie ein kleines Mädchen, in dem viel zu weiten Pullover, den Leggings und den Baumwollsocken, die sie trug. Er sah nicht hin. Er wusste auch so, wie sie aussah. Jetzt.

Ich hole mir mal eine Banane. Ich habe Hunger.

Sie schälte die Banane, die makellose Banane, und sah hinaus auf die Loggia.

Bald ist Frühling. Ich glaube, die Klematis treibt sogar schon aus. Rief sie gegen die Glasscheibe, die die schweigsame, grobschlächtige Polin gründlich gewienert hatte. Streifenfrei. Es kann ja nicht mehr lange so kalt bleiben. Heute konnte ich den Frühling schon riechen. Schön, oder?

Die Glasscheibe antwortete nicht. Und auch der kleine Mann in dem großen Sessel sagte kein Wort.

44.

Später an diesem Frühlingstag, der keiner sein wollte und zum Abend geworden war, lagen sie im Bett, in weichen Kissen, die nach ihr rochen. Alles roch nach ihr. Sein ganzes Leben.

Sie lagen im Bett und sie kuschelte sich an den hageren Mann, der auf dem Rücken lag und an die Decke starrte, ohne etwas erkennen zu wollen. Er dachte nicht nach, er lag und starrte. Dieses Starren war ihm zu seiner zweiten Natur geworden. Seine erste kannte er nicht mehr. Sie spürte seine knöcherige, abweisende Schulter.

Was ist los mit dir? Flüsterte sie in das Dunkel, das beide umgab.

Bitte, sag doch was. Hauchte sie.

Rede mit mir. Wisperte sie.

Vertrau mir. Bat sie.

Er schwieg und verknöcherte weiter unter ihrem Bemühen und ihrer Hand, die ein halbherziges Streicheln versuchte. Erfolglos.

Bitte.

Fast flehentlich.

Er wischte ihre Hand beiseite und drehte ihr den Rücken zu. Sie lauschte seinen Atemzügen, die Schlaflosigkeit verrieten. Und irgendwann schlief sie ein im Duft ihrer weichen Kissen. Zufrieden. Sehr zufrieden.

XVII.

45.

Sie trug einen dunkelbraunen Faltenrock, einen fleckigen, altrosafarbenen Pullover, Stützstrümpfe und blau-weiß-karierte Puschen. Sie trug keinen Schmuck, aber schwer an der Last der vielen Jahre, die hinter ihr lagen. Noch schwerer aber wogen die wenigen, von denen sie fürchtete, sie könnten noch vor ihr liegen. Mit trüben Augen saß sie in einem Sessel, auf dessen Armlehnen der Stoffbezug abgewetzt und dünn war. Der Sessel war alt, ihr Leben war älter. Sie sah, die blaugeäderten Hände mit grotesk verkrümmten Fingern im Schoß, Richtung Fenster und sah nichts. Das Radio entließ leise deutsche Schlager in die dunkle Wohnstube der Zweizimmerwohnung im Erdgeschoss.

Sie hatte Essen auf Rädern und junge, dumme Mädchen vom ambulanten Krankenpflegedienst, die regelmäßig und unwillig nach ihr sahen. Sie hatte eine Nachbarin, die sich um ihre Wäsche und ihre Einkäufe kümmerte, die ab und an saugte, Staub wischte oder das Bad reinigte. Sie hatte einen Hausarzt, der sie besuchte, wenn es unumgänglich wurde. Und sie hatte zwei, drei Bekannte, die selten anriefen und längst vergessen hatten, weswegen sie eigentlich miteinander bekannt waren. Viel zu erzählen gab es nicht mehr.

Und sie hatte eine Tochter und einen Enkelsohn, einen erwachsenen Enkelsohn. Beide taten nichts gegen, aber auch nichts für sie. Beide lebten schon lange Leben, die mit dem ihren nichts mehr zu tun hatten.

Wenn sie zurückdachte in ihrem Sessel, in den langen Pausen zwischen Essen auf Rädern und den jungen, dummen Mädchen, sah sie arbeitsreiche Zeiten. Sie sah kleine Fehler, größere Fehler und nur wenige sehr große. Sie sah kleine Freuden, größere Freuden und gar keine sehr großen. Sie sah Zuneigung, Interessenlosigkeit, Mitleid, Trauer, Ärger und ein bisschen Liebe sah sie auch. Sie sah einen gleichmäßigen, ruhigen Strom von Ereignissen, einen gemächlich dahinziehenden Fluss. Kein reißendes Gewässer, kein munter plätscherndes Bächlein.

Sie wusste, es muss einen Punkt gegeben haben, an dem sie Tochter und Enkelkind auf ihrer Reise verloren hatte. Erinnern konnte sie sich nicht. Sie hätte sie gerne vermisst, hätte gerne Sehnsucht nach dem gehabt, was sie früher Familie genannt hatte. Wie man das machte, wusste sie nicht.

Als die Türklingel schnarrte, schreckte sie auf. Störend war es, dieses Geräusch. Eingerostete Töne über den einförmigen, austauschbaren Schlagertakten. Sie erhob sich langsam und griff nach ihrem Stock. Vorsichtig schlurfend schleppte sie sich über abgetretene Läufer zur Wohnungstür. Nicht fallen. Sie durfte nicht fallen.

Sie öffnete und war erstaunt, dort einen Mann stehen zu sehen, den sie nicht kannte. Die Frage, wie er ins Haus gekommen sei, fiel ihr nicht ein. Ja. Sie sagte nur: Ja. Und ihre Stimme klang knöchern, heiser und rostig. Eine ungeübte Stimme. Sie hatte noch nie viel gesprochen, auch mit ihrer Tochter nicht. Ja. Sie räusperte sich.

Ihr Enkel würde sie gerne sehen. Er sitzt draußen in meinem Auto. Kommen Sie bitte.

Ja?

Er nickte.

Wirklich?

Er nickte.

Sie zog den Schlüssel ab und nahm den ihr angebotenen Arm, den das feine, weiche Leder einer abgetragenen, teuren Jacke bedeckte. Sie hakte sich unter und hielt sich gut fest. Sie durfte nicht fallen. Gemeinsam verließen Beide langsam und vorsichtig das große Mehrfamilienhaus.

Niemand sah hin.

XVIII.

46.

Wach auf.

Er rüttelte kräftig an ihrer Schulter.

Los, wach auf.

Sie öffnete die Augen, von Traum und Zufriedenheit noch benommen, und blinzelte in das Licht seiner Leselampe, die bizarre Muster an die Wand warf. Er saß aufrecht im Bett, das Kopfkissen stützte seinen Rücken.

Wie spät ist es denn? Sie suchte den Wecker, der auf seiner Seite stand, doch seine angewinkelten Beine versperrten die Sicht.

Wie spät ist es?

Du wolltest, dass ich mit dir rede. Dann lass uns reden. Jetzt. Egal, wie spät es ist.

Sie rieb sich die Augen.

Spinnst du? Fragte sie eher sich als ihn und versuchte viel zu umständlich, sich aufzusetzen. Bist du jetzt völlig verrückt geworden? Es ist doch mitten in der Nacht.

Ich habe mich entschieden. Ich gehe morgen zur Polizei. Ich werde mich selbst anzeigen.

Angespannte Ruhe, blinzelnde Augen, nüchternes Erwachen. Schmerzhaft und laut.

Du spinnst tatsächlich. Oder du bist einfach komplett durchgedreht.

Sei ruhig. Herrschte er sie an und schlug mit der flachen Hand auf die Bettdecke, die neben ihm Falten warf. Sei einfach ruhig.

Sie spürte, gleich würde er sie schlagen. Sie setzte sich sehr aufrecht hin, die Augen weit aufgerissen, und die Uhrzeit war egal.

Wie kommst du denn nur auf eine solche Idee? Wagte sie zu sagen.

Es war ein Fehler. Das Ganze war ein riesengroßer, entsetzlicher Fehler. Ich hätte mich niemals darauf einlassen dürfen. Niemals. Es war ein unglaublich schlimmer Fehler. Und ich kann nicht mehr. Ich kann einfach nicht mehr. Verstehst du das? Es geht nicht mehr. Ich bekomme keine Luft mehr. Ich ersticke.

Gut, dann lass uns die Sache jetzt mal ganz genau, ruhig und möglichst nüchtern durchdenken. Ja? Wollen wir das machen?

Er antwortete nicht. Ein Fehler. Murmelte er an ihr vorbei.

Du weißt, wenn du etwas Unüberlegtes tust, wandern wir ins Gefängnis. Wir beide. Für sehr, sehr lange Zeit. Vielleicht für immer. Das weißt du doch, oder?

Er nickte.

Du weißt, es gibt keinerlei Spuren. Nichts, überhaupt nichts ist uns nachzuweisen. Das weißt du doch auch, oder?

Er nickte.

Das heißt, wir können einfach aufhören. Einfach so. Und nichts wird passieren. Unser Leben wird weitergehen wie bisher. Ganz ruhig, ganz normal, wie immer.

Er nickte.

Du weißt auch, eine Anzeige wird nichts ändern. Eine Anzeige macht nichts ungeschehen. Wir können einfach aufhören, nichts wird uns passieren und wir vergessen die ganze Angelegenheit einfach. Wir vergessen sie. Hörst du?

Er nickte.

Und vergiss nicht: Wenn du etwas sehr Dummes tust, könnte es durchaus sein, dass Leute, die wir nicht kennen, sehr ärgerlich auf uns werden. Du würdest uns vielleicht in große Gefahr bringen. Ganz ohne Not. Willst du das wirklich riskieren?

Er reagierte nicht und sie wagte es, nach seiner Hand zu greifen. Sie hielt sie fest, die vertraute, sehnige Hand, und drückte sie sanft. Er reagierte nicht und seine Hand reagierte auch nicht.

Also, warum legen wir uns nicht wieder schlafen und vergessen diese dumme Idee einfach? Und morgen früh sieht die Welt schon ganz anders aus. Du wirst sehen.

Ganz sanft war ihre Stimme, zärtlich und beruhigend. Es hörte sich an, als wiege sie ein Kind in den Schlaf, behutsam. Liebevoll und unendlich zärtlich.

Ich habe kein Geld mehr. Das Geld ist weg, das ganze Geld. Klagte er und es klang jammernd. Er winselte.

Ja, ich weiß, Schatz, das weiß ich doch. Aber das ist doch überhaupt nicht schlimm. Wir werden wieder sparen. Und dann in einigen Jahren überlegen, wie du es anlegen kannst. Dann wirst du wieder über meine komischen Vorschläge lachen. Weißt du noch, wie damals, als wir das Bauernhaus besichtigt haben, das wunderschöne Fachwerkhaus. Butter-Sahne-Vanille. Erinnerst du dich? Die Apfelbäume waren so schön. Und die Rosen. Oder Bootsmann? Erinnerst du dich an die Idee mit dem Boot und dem Hund? Das war doch auch ziemlich lustig.

Sie lächelte und er sah nicht hin. Sie lächelte und dachte und redete weiter. Sie redete um ihr Leben.

Und weißt du, wir waren uns doch immer einig – die Investition hat sich gelohnt. Du warst so glücklich und stark. Nach jedem Mal ein kleines bisschen mehr. Du warst doch mein Gott. Und wir haben es ja auch nicht oft getan. Fünf Mal. Ist das etwa viel? Nein, das ist es nicht. Fünf Mal hast du dir den Kick gegönnt. Fünf Mal. Nur fünf Mal. Fünf Mal hast du es dir gegönnt und mit dem besten Moet & Chandon auf deine Entscheidung angestoßen. Dein Geld hast du optimal investiert, es hätte nicht besser laufen können. Es ist nicht einfach weg, verstehst du? Du hast es auf eine ungewöhnliche, aber sinnvolle Art investiert. Meine Güte – andere Leute verlieren Millionen bei irgendwelchen Börsencrashs. Was sollen die denn sagen? Die sind doch wirklich gekniffen. Keine Gegenleistung, verstehst du? Überhaupt keine Gegenleistung. Dann kann man zurecht behaupten, das Geld sei weg. Aber du? Du hast doch wirklich etwas Gutes zurückbekommen. Etwas Sensationelles. Die Macht über Leben und Tod. Mach es dir doch jetzt nicht kaputt.

Ihre weiße, kleine Hand hatte die größere, sehnige losgelassen und strich nun die Bettdecke glatt, die schon glatt war. Sie wartete.

Es war trotzdem falsch. Es war … Er zögerte. Unmoralisch. Es war unmoralisch und falsch. Es war nicht in Ordnung und es macht mich fertig.

Nur das Kopfteil des Bettes hinderte sie daran, beim Lachen den Kopf mit den raspelkurzen blonden Haaren zurückzuwerfen. Sie lachte ein tiefes, kehliges und sehr gehässiges Lachen, das ihn zusammenfahren ließ.

Unmoralisch! Ausgerechnet du kommst mir mit Moral! Jetzt, wo du kein Geld mehr hast, erwacht der Moralapostel in dir. Vorher hatte er sich aber anscheinend sehr gut versteckt. Wenn du eine Entscheidung gefällt und mich auf die Hundewiese geschickt hast, um die Sache klar zu machen, war von Moral jedenfalls nie die Rede. Seltsam, oder?

Sie wollte gar nicht aufhören zu lachen und zog die Bettdecke höher.

Erbärmlich. Wir sind so erbärmlich. Hörte sie ihn durch ihr Lachen sagen. Er bewegte sich nicht. Er saß starr mit angewinkelten Knien im Bett und nannte sie erbärmlich. Sie.

Wir haben ein perfektes Leben. Uns fehlt es an nichts. Mach es nicht kaputt. Hörst du? Tu nichts Unüberlegtes. Mach es bitte nicht kaputt, dieses Leben.

Und sie schwiegen in die nächtliche Tonlosigkeit ihres perfekten Lebens.

XIX.

47.

Oh nein – das kleine Mädchen wollte nicht nach Hause gehen. Auf gar keinen Fall. Kein kleines Mädchen auf der ganzen Welt würde, wenn es an ihrer Stelle wäre, nach Hause gehen wollen. Nicht mit diesem Eintrag im Schulheft. Nicht mit dem Wissen, was passieren würde, wenn Mama das liest. Oder der Mann, den sie neuerdings Papa nennen musste. Nicht mit dem Wissen, dass sie es ihnen trotzdem würde zeigen müssen. Wegen der Unterschrift. *„Das Betragen ihrer Tochter im Unterricht lässt Einiges zu wünschen übrig. Ich darf Sie daher bitten, mich umgehend in meiner Sprechstunde (mittwochs zwischen 10 und 11 Uhr) aufzusuchen. Ein persönliches Gespräch ist dringend erforderlich.“* Und dann der Krackel der Eule. Sie nannte sie die Eule, alle Kinder in ihrer Klasse nannten die bebrillte Lehrerin so. Heimlich natürlich, hören durfte sie das nicht.

Die Eule war doof und hatte sie auf dem Kieker. Nur sie und ihr Betragen. Sie betrug sich doch und gab sich wirklich Mühe, aber es reichte der Eule nie. Mama würde laut schimpfen, wenn sie einen guten Tag hatte. War der Tag schlecht, würde sie zuschlagen. Und dieser fremde Papa würde eine Flasche Bier aufmachen und den Fernseher lauter stellen. Nein, sie wollte nicht nach Hause gehen. Dorthin zu gehen, wäre keine gute Idee.

So trödelte das kleine Mädchen die Straße entlang, kalt war ihr und Hunger hatte sie auch. Sie wusste nicht, wohin, sie wusste nur, wohin nicht.

Als der junge Roller-Fahrer mit knallrotem Helm und austauschbaren Gesichtszügen neben ihr hielt und sie nach dem Weg fragte, sagte sie es ihm, zeigte mit der kleinen Hand in die Richtung und schniefte dabei. Bringst du mich hin? Fragte er. Ich muss nur noch vorher kurz bei mir vorbei. Ich wohne gleich dahinten um die Ecke. Na, wie wär`s? Kommst du mit?

An jedem anderen Tag hätte das kleine Mädchen nein gesagt, entschieden und automatisch das immer wieder Eingebläute wiederholt. Nein. Nein. Nein. Ich geh mit keinem Fremden mit. Nein.

Heute war aber kein Tag wie jeder andere.

Wenn ich nicht nach Hause komme, machen sie sich Sorgen. Und wenn sie sich lange genug Sorgen gemacht haben, werden sie mich wieder richtig liebhaben und was die Eule schreibt, ist egal. Sie werden mich liebhaben. Dachte sie und nickte langsam. Ich habe doch aber keinen Helm. Macht nichts, es sind wirklich nur ein paar Meter. Komm, steig auf.

Das tat sie.

XX.

48.

Kopfschmerzen marterten sie, während sie ihm dabei zusah, wie er seine Krawatte band. Der Spiegel war groß und auf Hochglanz poliert und warf das Bild eines hageren Mannes mit tiefen Falten, grauer Gesichtsfarbe und viel zu großer Nase ins Schlafzimmer zurück. Der Mann sah alt aus. Und unattraktiv. Und er roch aufdringlich nach Fahrenheit. Tat so, als ließen sich seine Fehler unter Rasierwasser verstecken. Tat so, als ließen sich falsche Skrupel und fehlgeleitete Reue durch sorgfältig gebundene Krawattenknoten kaschieren. Tat auch so, als könne Routine aus ihm einen guten Menschen machen. Einen Charakter.

Sie, noch im Bademantel, lehnte an der Kommode und verfluchte ihren schmerzenden Kopf, der ihr zurecht einen Mangel an Schlaf und einen Überfluss an Sorgen verübelte. Der sie abzustrafen schien.

Der Schmerz hinter ihren Schläfen war stechend und wog schwer.

Was wirst du also heute tun? Wie hast du dich entschieden?

Er rückte den Knoten, den englischen, gerade.

Willst du wirklich zur Polizei gehen?

Und bürstete mit großer Entschlossenheit nicht vorhandene Fusseln vom linken Ärmel seiner dunkelgrauen Anzugjacke.

Uns allen Ernstes ins Gefängnis bringen? Willst du das heute tatsächlich tun?

Der rechte Ärmel war an der Reihe.

Gut. Ich kann es ja doch nicht ändern. Ich habe alles dazu gesagt, was es zu sagen gibt. Mach, was du willst. Tu, was du nicht lassen kannst.

Die Kleiderbürste fuhr über das linke Revers.

Aber um eines möchte ich dich bitten. Nur noch um einen einzigen kleinen Gefallen.

Rechtes Revers.

Der Kopfschmerz, der lebendig war, wanderte von den Schläfen Richtung Hinterkopf. Bohrend und fordernd und pochend und stechend und alles zusammen.

Ich möchte dich einfach nur darum bitten, noch drei Tage zu warten. Schlaf noch mal drüber. Drei Tage. Bitte. Danach werde ich jede Entscheidung von dir akzeptieren, aber gib uns und unserem Leben doch noch diese eine Chance. Drei Tage. Bitte. Nur drei Tage, auf die es nun wirklich nicht mehr ankommt. Wirst du das für mich tun?

Ja. Sagte er und legte die Bürste beiseite. Ja, das ist in Ordnung. Drei Tage. Aber nur drei Tage. Nicht länger.

Danke. Sagte sie und lächelte in ihren schmerzenden Kopf und in ihre schmerzende, beunruhigte Seele.

Sie ging auf ihn zu, stellte sich auf die Zehenspitzen und küsste ihn. Und das Spiegelbild küsste mit.

Er ließ es geschehen, stieß sie nicht von sich, kam ihr nicht entgegen. Er ließ es geschehen und trat dann einen kleinen Schritt zurück.

Unter der Wucht seines wortlos zerstörerischen Schlages, der ihren schmerzenden, unvorbereiteten Kopf traf, geriet sie ins Taumeln und fiel.

XXI.

49.

Die Frau war nackt und kniete vor dem dunkelgrauen, durchgesessenen Dreisitzer. Ihre Brüste hingen, ihre Augen waren verbunden und um den Hals trug sie ein Hundehalsband.

Die Hand, diese eine Hand, hielt eine Leine fest und bedeutete ihr, zu folgen. Sie zog und das Leder schnitt in ihren Hals. Sie kroch auf allen Vieren, die Knie bald wund. Sie kroch und wenn sie an Tempo verlor, ging die Peitsche auf ihrem Rücken nieder. Bestimmend und hart und unmissverständlich, aber nie so heftig, dass die Haut aufzuplatzen drohte. Eine Stimme fehlte, die Hand war Stimme und Führer und Hüter und Bestimmer und Macht und Erlösung.

Die Hand drückte ihren Kopf auf die Erde und ihre Nase nahm etwas Feuchtes wahr. Die Hand drückte so lange, bis sie begann, das aufzulecken, was sie vorgefunden hatte und von dem sie nicht erahnte, was es war. Auch nicht erschmeckte.

Sie wurde weitergezogen und folgte in aller Demut der Hand und dem Schmerz. Sie jaulte und winselte und schnüffelte und ihr unbeholfenes Bellen erinnerte eher an ein Krächzen. Die Hand kraulte sie am Ohr und am Bauch und zwischen ihren

Beinen und der Peitschenschlag, der sie dann traf, war Lohn genug. Sie leckte die Hand, die sie führte und schlug, sie leckte die Hand aus Dankbarkeit und geheuchelter Liebe. Sie leckte und ihr Speichel troff auf die Erde. Sie schwitzte trotz ihrer Nacktheit. Sie schwitzte und dieser Schweiß, der sich unter ihrer schwarzen Augenbinde bildete und dort aufgesogen wurde, war das einzig Menschliche an ihr.

50.

Sie sah Tyson schon von Weitem schnüffeln und gucken und drohen. Das war gut so. Sie hatte Glück. Sie hatte immer Glück. Die Hundewiese am Park war fast leer, außer dem schwarzen AmStaff, um den es einen Bogen zu machen galt, sah sie nur noch einen schokofarbenen Labrador zwischen Schneeflecken den Frühling suchen. Die ältere Frau, der er offensichtlich gehörte, stand abseits und telefonierte und schien sich keineswegs mit der Absicht zu tragen, den Spielaufforderungen des Hundes nachzukommen. Nein, sie warf kein Bällchen, und der Labrador zog wieder ab. Vielleicht hieß er Bootsmann, wahrscheinlich aber nicht.

Ebenfalls abseits stand ein kleiner, untersetzter Mann mit verspiegelter Sonnenbrille und einem Akzent, der ihn das R rollen ließ, wie sie sehr genau wusste.

Sie ging zügig auf ihn zu, und dass ihre Stiefeletten im Schlamm versanken, war ohne Bedeutung. Sie, die Frau mit den raspelkurzen blonden Haaren, stolperte über den aufgeweichten Boden, der nach Sonne gierte, und beinahe wäre sie hingefallen. Auch das ohne Bedeutung. Nichts hielt sie auf.

Neben dem Mann blieb sie stehen und spiegelte sich wie immer in seinen Brillengläsern.

Ich brauche Sie. Zischte sie leise. Ich brauche Sie und es eilt. Es eilt sehr.

Schon wieder. Stellte er fest. Sie sind meine beste Kundin. Mengenrabatt gibt es trotzdem nicht.

Sie wusste, das war kein Scherz. Er scherzte nie und deswegen schenkte sie ihm auch kein Lächeln. Unter anderem deswegen nicht.

Ich melde mich.

Heute noch.

Ja, heute noch.

Und sie sah, wie auch der schokofarbene Labrador einen großen Bogen um Tyson, den Kampfhund, machte.

So stand sie da, in ihren schlammbedeckten Stiefeletten, ein Tuch locker um den Hals drapiert, entschlossen, zuversichtlich und sehr mit sich zufrieden.

51.

Ich werde es nicht tun. Ich werde es auf gar keinen Fall tun. Er ging durch die Wohnung, durchmaß sie mit großen, gleichmäßigen Schritten von Wand zu Wand, wie ein Tiger, wie der Getriebene, der er war. Ich gehe da nicht hin, ich habe es ihm versprochen. Versprochen ist versprochen und wird auch nicht gebrochen. Ich tue es nicht, nein, ich tue es nicht. Ich habe ihm gesagt, er könne sich auf mich verlassen, mir vertrauen. Ich werde ihn nicht enttäuschen. Versprochen ist versprochen.

Er ging und ging und spürte, wie es an ihm zog und zerrte. Sein Widerstand erlahmte, seine Kraft schwand, und genau das war es, was er erwartet und erhofft hatte. Vor einem schlicht gerahmten Schwarzweißfoto blieb er stehen. Zwei Männer mit strahlendem Lächeln hielten einander umarmt und provozierten den Betrachter mit ihrem offensichtlichen unverschämten, vielleicht unverdienten Glück. Lausbuben Mitte 40. Das Bild war in ihrem letzten Sommerurlaub auf Sylt entstanden. Wo sonst. Er und sein Mann, sein Lebensmensch, seine Inspiration und seine Liebe, im Sonnenschein vor Meereskulisse mit Möwen. In schlichtem Schwarzweiß, ziemlich stylish. Alles in ihrem Leben war ziemlich stylish, auch die Abgründe, die hinter den grinsenden Lausbubengesichtern lauerten und auf ihre Chancen warteten.

Als sein Mann losgefahren war, endlich losgefahren war, fühlte er eine große Entschlossenheit, es nicht tun zu wollen. Diesmal nicht. Und daher war es ihm leicht gefallen, das Versprechen zu geben. Er hatte ihm dabei direkt in die Augen gesehen, ohne heimlich seine Finger hinter dem Rücken zu kreuzen, wie es Lausbuben manchmal tun.

Nun aber war er alleine mit sich und dem, was an ihm zog und zerrte. Und gab dem beharrlichen Drängen gerne nach. du wirst es nie erfahren. Sagte er zu dem Foto. Es tut mir leid. Das sagte er auch, meinte es aber nicht so.

Er nahm ein frisches, weißes Oberhemd aus dem Kleiderschrank, den beide benutzen und der sehr aufgeräumt war, und zog sich um. Ein sauberes Oberhemd, Jeansjacke, Schlüssel und Portemonnaie – mehr brauchte er nicht. Und insbesondere brauchte er keine Kondome für den Kick, den er suchte und brauchte. Er ging zu Fuß. Es war nicht weit bis zum Bahnhof. Es war auch nicht weit bis zu dem heruntergekommenen Platz, der den Bahnhof von einer noch heruntergekommeneren Wohngegend mit schäbigen Häusern aus der Zeit des Wirtschaftswunders trennte. Wunder gab es dort schon lange nicht mehr, selbst Wunder machten um solche Orte einen großen Bogen.

Er ging zügig, zielstrebig, sah gut aus und fühlte sich auch so, nachdem er Wohnung und Foto endlich verlassen hatte. Sein Gewissen schwieg oder leckte sich schon die Lippen. Als er den heruntergekommenen, spärlich beleuchteten Platz erreicht hatte, verlangsamten sich seine Schritte, er blickte sich um, suchend, witternd, ahnend. Nur wenige Menschen waren zu sehen, fast ausschließlich Männer. Oder rauchende Kinder mit glasigen Augen. Verlorene Seelen standen im Halbdunkel. Frauen mieden derartige, von wenigen Laternen in milchiges Licht getauchte Plätze. Sie hatten dort nichts zu suchen und das wussten sie.

Der Mann, der schließlich auf ihn zukam, war zu klein und zu alt für seinen Geschmack und trug bereits einen kleinen Bauchansatz vor sich her. Aber die kehlige Art, wie er das R rollte, machte ihn einfach unwiderstehlich. Und deshalb ging er mit.

XXIII.

52.

Ihr Smartphone kündigte flott pfeifend den Eingang einer SMS an. Sie las:

Lust auf Spaziergang mit Paul? Wiese am Fluss?

In 1 h?

Ihre Finger flogen.

keine zeit sorry. alles gut?

Ja, alles ok. Wann sehen wir uns?

weis nicht melde mich

In Ordnung. Pass auf dich auf.

Natürlich hatte sie Zeit, sie hatte sogar viel Zeit. Aber sie wollte die andere nicht sehen und Paul auch nicht. Es gab Dringenderes zu tun.

Eines Abends lag die Frau mit zusammengebundenen Hand- und Fußgelenken auf dem Boden vor dem abgewetzten, durchgesessenen Sofa, auf dem blanken Boden. Es war Winter und es war kalt und der Raum, in dem sie lag, war ungeheizt. Sie lag da und fror und hatte Angst. Sie war nackt. Geräuschlose Dunkelheit umgab sie. Und Einsamkeit. Sie war umhüllt von Angst und Kälte und einer Einsamkeit, die größer, tiefer und verstörender nicht sein konnte. Hand- und Fußgelenke schmerzten unter dem Druck der Plastikfesseln, Gliedmaßen schliefen ein und unklar war, wann sie wieder aufwachen würden. Sie wusste nicht, wie lange sie hier schon lag, und ebenso wenig, ob die Hand sie wieder befreien würde. Ob oder wann. Sie musste pinkeln und irgendwann verließ das Wasser sie. Vielleicht war sie zu erschöpft, um es bei sich zu halten, vielleicht war sie zu hilflos. In der Pfütze, die sich unter ihr gebildet hatte, fror sie weiter. Sie zitterte bewegungslos. Und wartete auf ihre Erlösung. Als die Hand sie endlich befreite, nach Stunden, nach vielen Stunden, kannte sie nur tiefe Dankbarkeit und Demut vor der grenzenlosen Güte. Für die Pfütze unter ihr zahlte sie mit Schlägen, die keine blauen Flecken hinterließen. Und sie zahlte gerne.

Pass auf dich auf.

Ja, das würde sie tun. Sie würde sehr gut auf sich aufpassen. Viel besser, als die andere sich wünschen könnte.

53.

Der Wassereimer war schwerer als gedacht. Und das Fensterleder war weich und samtig. Sie legte es ins lauwarme Wasser und es sank hinab. Es ertrank. Sie angelte es heraus und wrang es aus. Roch am feucht-würzigen Leder und rieb eine breite Spur

Dreck von der Innenseite ihres Atelierfensters, das zur Straßenseite zeigte. Dreckig war das Fenster, schmierig und dreckig, blind und vergessen. Niemand sah je hindurch und nur das Licht scheute sich nicht vor einer Berührung mit den blinden Scheiben. Nun durchzog eine breite Schliere das Fenstergrau, einer Autobahn gleich, und das Fenster sah dreckiger aus als vorher. Gestörter. Und das jungfräuliche Leder wies schwarzen Abrieb auf, hatte seine Unschuld verloren, war nun ein beliebiger Putzlappen.

Sie warf das beschmutzte Leder zurück in den Wassereimer und trat heftig dagegen. Wasser schwappte heraus und bildete eine Lache auf dem Boden, der ebenfalls schmutzig war. Sie könnte ihn fegen. Wollte sie das? Nein. Die schweigsame, grobschlächtige Polin, die er großzügig bezahlte, würde einen Trick kennen, das Fenster streifenfrei zu säubern. Die aus dem Osten sind da ziemlich findig, das wusste sie. Die Polin könnte auch den Boden säubern und ihn von den wenigen Farbflekken befreien, die ihn zierten. Bunte Kleckse. Aber das wollte sie nicht, das hatte sie immer abgelehnt.

Dieses Atelier gehörte ihr. Es war ihr Feind und ihr Vertrauter und ihr Mitwisser. Ihr stiller Teilhaber. Und niemand außer ihr hatte hier drin etwas zu suchen oder zu finden. Es gehörte ihr.

Sie trat zurück ans Fenster und spuckte dagegen. Sie sah, wie die Spucke langsam an der Scheibe herunterlief, sich bemühte, der schmierigen Spur, die sie eben gerade verursacht hatte, zu folgen. Sie beobachtete ihn ganz genau, diesen Weg, den ihre Spucke nahm, und zählte anfangs die Sekunden.

Von außen blieb sie ungesehen. Die Gegend war verlassen, nur selten kamen Rentner oder Hartz-IV-Empfänger vorbei. Oder Frauen mit Kopftüchern. Und wenn, dann gingen sie meistens auf der anderen Straßenseite. Ihr Atelier blieb unbemerkt. Ihr Atelier mit der schwergängigen Tür, an der sogar Graffiti-Sprayer vorbeizogen. Als sei sie unsichtbar.

XXIV.

54.

Wer sind Sie? Wie sind Sie an meine Telefonnummer gekommen? Fragte er schneidend, anstatt die Verbindung sofort wieder zu unterbrechen. Er hätte den Anruf erst gar nicht entgegennehmen sollen. Er nahm nie Anrufe mit unterdrückter Nummer entgegen. Eigentlich.

Beides spielt keine Rolle. Hörte er den anderen sagen. Eine Rolle spielt lediglich, dass mir zu Ohren gekommen ist, dass Sie an einer sicheren Anlagemöglichkeit mit erstklassiger Rendite interessiert sind, richtig?

Nein, bin ich nicht. Besten Dank.

Nun, vielleicht zurzeit nicht, aber die Zeiten können sich ändern. Lassen Sie mich Ihnen ein absolut einmaliges Angebot unterbreiten. Ich weiß, dieser Weg ist etwas ungewöhnlich, aber Sie werden es nicht bereuen, das kann ich Ihnen versichern. Das Angebot ist ungewöhnlich und für besondere Menschen in besonderen Situationen reserviert. Für Menschen wie Sie. Alles ganz legal, selbstverständlich. Ich schlage Ihnen also lediglich ein völlig unverbindliches Treffen vor. Sie gehen kein Risiko ein. Ich werde Ihnen nur ein paar Informationen geben und der Rest liegt dann ganz bei Ihnen. Nun?

Er blieb stehen, das Handy am Ohr. Er wollte auflegen, konnte es aber nicht.

Woher haben Sie meine Nummer?

Ich bitte Sie! Das tut doch nun wirklich nichts zur Sache. Aber wenn Sie darauf bestehen, werde ich Ihnen meine Verbindungen offenlegen, sobald wir uns sehen. Das tue ich selbstverständlich gerne. Sie sollten nicht so misstrauisch sein – ich eröffne Ihnen eine Chance, von der manch anderer nur träumt. Eine Chance, die Ihnen Ihre sonstigen Anlageberater nie bieten werden. Ich will Ihnen nicht schaden, verstehen Sie? Mir will ich natürlich auch nicht schaden. Ich suche lediglich auf ungewöhnliche Art und Weise, sagen wir: zuverlässige, intelligente Geschäftspartner mit einem gewissen Weitblick.

Er stand immer noch.

Ich habe kein Interesse. Rau und wenig glaubhaft klang das.

Das mag sein. Aber glauben Sie mir: Ich mache das nicht erst seit gestern, ich verfüge über reichlich Erfahrung in diesen Dingen. Und daher weiß ich, dass sich Standpunkte und Situationen ändern können. Nochmals: Ich schlage Ihnen ein völlig unverbindliches Treffen vor, es wird Sie zu nichts verpflichten, aber wenn sich Ihre Meinung ändert, verfügen Sie über alle relevanten Informationen und können gegebenenfalls handeln. Verstehen Sie? Und ich werde Sie nie wieder anrufen. Dies ist eine absolut einmalige Gelegenheit, die sich nicht wiederholen wird. Ein einmaliges Angebot für langfristigen finanziellen Erfolg, für Sicherheit. Ich biete Ihnen eine Investition in Ihre Zukunft. Verstehen Sie?

Ja. Er verstand.

Nun?

Was nun?

Möchten Sie mein für Sie völlig unverbindliches Angebot eines persönlichen und vertraulichen Treffens nicht vielleicht doch lieber annehmen?

Ich soll Sie alleine treffen?

Ja, ich werde alleine kommen. Und Sie bitte auch.

Wann?

Am besten natürlich gleich, wenn es Ihnen passt.

Und wo?

Und der Mann am anderen Ende, der Mann, der das R auffällig rollte, sagte ihm, wo.

XXV.

55.

Darf ich hereinkommen?

Ja, gerne. Natürlich. Kommen Sie bitte. Geradeaus, bitte. Immer geradeaus.

Sie sah so schmal aus, so zerbrechlich, so verletzlich, als sie ihrer Besucherin durch den langen Flur folgte. Alles an der Frau schien praktisch: ihre Jeans, ihre wattierte Jacke, ihr Schal, ihr Gang. Praktisch und bestimmend und beängstigend klar. Und irritierend durchschnittlich.

Ungebeten zog die Besucherin ihre Jacke aus und legte sie über einen der Küchenstühle, die nichts von ihrer Schönheit und Härte eingebüßt hatten. Sie blieben hart und unbequem und luden auch diese durch und durch praktische Frau nicht zum Sitzen ein.

Ich darf mich doch setzen. Stellte sie fest.

Ja. Natürlich. Gerne. Nehmen Sie Platz.

Das tat sie.

Die Frau mit den raspelkurzen hellblonden Haaren stand unschlüssig neben ihr. Verlegen vielleicht.

Darf ich Ihnen etwas anbieten? Kaffee? Wasser? Tee?

Nein, danke.

Nein, danke, sagte sie, und das war ihr sehr recht, der Blonden. Alles andere hätte nicht gepasst.

Darf ich gleich zur Sache kommen?

Ja, natürlich. Gerne. Erwiderte sie und setzte sich ebenfalls. Gegenüber, die schmalen Handgelenke auf der polierten Tischplatte, ineinander verschränkte, blasse Finger, blutrote Nägel, knetend. Die Besucherin entnahm einer Baumwolltasche mit Werbeaufdruck einer Apotheke einen grünen Schnellhefter und legte ihn aufgeschlagen vor sich hin.

Eine Baumwolltasche, abgegriffen und abgetragen. Ihre Gesundheit ist unser Anliegen.

Sie haben Ihren Mann vor 14 Tagen als vermisst gemeldet. Richtig?

Sie schluckte. Ja. Vor 14 Tagen. Vor zwei Wochen. Genau vor zwei Wochen.

Und Sie haben zwischenzeitlich nichts von ihm gehört? Anrufe, E-Mails, irgendwelche anderen Benachrichtigungen? Von ihm selbst oder von Dritten?

Nein. Nichts.

So, so. Nichts dergleichen, sagen Sie?

Die eine Frau blätterte. Die andere knetete ihre weißen Finger und wartete.

Und Sie haben auch weiterhin keine Idee, was passiert sein könnte? Wo er sich vielleicht aufhalten könnte?

Nein. Sagte sie leise und biss sich auf die Unterlippe.

Nun, wir haben mittlerweile einige Nachforschungen angestellt.

Nachforschungen?

Ja.

Sie blätterte. Ihre Hände waren groß, die Finger kräftig und schmucklos.

Wussten Sie, dass Ihr Mann im Zeitraum von … Warten Sie … Von Spätsommer bis Mitte März mehrfach hohe Geldbeträge von seinen Konten abgehoben hat, beziehungsweise von Ihren gemeinsamen Konten?

Geldbeträge? Nein. Warum sollte er denn Geld abgehoben haben? Das kann ich mir nicht vorstellen.

Sie wussten also nichts davon?

Nein. Natürlich nicht. Das glaube ich auch nicht.

Laut Auskunft ihres Kreditinstitutes hat er fünf Mal jeweils 80.000 Euro abgehoben. Immer in bar. Das erste Mal im Spätsommer, dann vier Mal in relativ kurzen Zeitabständen von Mitte Januar bis Mitte März. Und das können Sie sich überhaupt nicht erklären?

Aber … aber das sind ja dann … das sind ja fast …

Das sind 400.000 Euro. Fast eine halbe Million.

Sprachlos blickte die blonde Frau die praktische und durchschnittliche Kommissarin an, der Griff, mit dem sie ihre Finger umklammerte, wurde noch fester.

Eine halbe Million? So viel?

Ja. Und nun sind die Konten leer. Können Sie mir sagen, was er oder Sie beide ursprünglich mit dem Geld vorhatten?

Wir haben es im Laufe der Jahre angespart und er wollte es irgendwie investieren, gut anlegen. Wir haben uns zum Beispiel Häuser angesehen. Er hatte nur noch nicht die optimale Investitionsmöglichkeit gefunden. Er wollte sich noch beraten lassen.

Die Wohnung hier gehört Ihnen? Sie ist abbezahlt?

Ja. Sie war bleich geworden und hätte gerne geweint.

Wissen Sie, ob Ihr Mann eine Freundin hat? Irgendwelche Affairen, in letzter Zeit oder auch früher? Eine heimliche Geliebte? Oder auch eine unheimliche?

Sie schüttelte den gesenkten Kopf und eine Träne fiel auf die Tischplatte, ein kleiner Tropfen nur, man sah ihn kaum.

Sie wissen es nicht?

Nein, er hatte keine. Ganz bestimmt nicht. Das wüsste ich.

So, wie Sie gewusst hätten, wenn er größere Geldbeträge abhebt?

Die blonde Frau sah die Kommissarin an. Ihre Augen waren rot und würden später anschwellen, ihre Nase lief. Wie bei einem kleinen Mädchen.

Entschuldigung. Sagte die Kommissarin in ihrer ganzen Durchschnittlichkeit. Das habe ich nicht so gemeint. Die andere sagte nichts und wusste, sie hatte es genau so gemeint. So und nicht anders.

Schulden, Drogen, Spielsucht, Sexsucht, andere Obsessionen, uneheliche Kinder, merkwürdige Kontakte, verschwenderische Hobbys – ist Ihnen dazu etwas bekannt, das uns irgendwie weiterhelfen könnte?

Kopfschütteln, mehrfach.

Nun, wir müssen auf jeden Fall trotzdem ernsthaft in Erwägung ziehen, dass sich Ihr Mann abgesetzt haben könnte. Ins Ausland vielleicht, wer weiß. In diesem Fall hätte er sein Verschwinden sorgfältig vorbereitet und Sie müssten sich keine Sorge machen, dass ihm etwas passiert sein könnte.

Ihr Gegenüber schniefte.

Wissen Sie, es passiert gar nicht so selten, dass sich Männer heimlich absetzen, eine andere Identität annehmen und eben auf Dauer von der Bildfläche verschwinden. Aus welchem Grund auch immer. Meisten sind es Männer, in den seltensten Fällen Frauen. Frauen tun so etwas normalerweise nicht.

Ihr Gegenüber nickte und eine weitere Träne tropfte auf den Tisch mit der polierten Platte.

Insoweit möchte ich Sie vorerst nur bitten, uns sofort zu informieren, wenn sich Ihr Mann bei Ihnen melden sollte. Ich halte das jedenfalls für nicht ausgeschlossen. Manchmal tut es ihnen ziemlich schnell wieder ziemlich leid. Kann durchaus vorkommen, dass sie dann früher oder später reumütig und auf allen Vieren zurückkehren. Heim zu Mutti sozusagen. Alles schon dagewesen. Meine Karte lasse ich Ihnen auf jeden Fall hier.

Ihr Gegenüber nickte erneut.

Nur mal so am Rande: Sind Sie berufstätig?

Ich bin freischaffende Künstlerin. Ich male.

Aha. Sie malen. Kinder?

Nein. Das hat leider nicht geklappt. Obwohl, wenn ich jetzt auch noch Kinder hätte … wer weiß.

Ja, wer weiß. Und noch eine letzte Frage, dann bin ich auch schon wieder weg. Ach, sagen Sie, könnte ich vielleicht doch ein Glas Wasser haben?

Ja. Natürlich. Die blonde Frau stand auf, griff nach einem Wasserglas und schenkte aus der danebenstehenden Karaffe ein. Sie reichte es dann der durch und durch praktischen Kommissarin, die ungewöhnlich große, fast quadratische Hände hatte. Pranken. Sie leerte das Glas in einem Zug.

Nur eines noch: Im Spätsommer letzten Jahres, kurz nachdem Ihr Mann zum ersten Mal 80.000 Euro abgehoben hatte, ist einer seiner Kollegen ebenfalls unter völlig ungeklärten Umständen verschwunden. Und wir haben herausgefunden, dass dieser Kollege und Ihr Mann wohl nicht gerade das beste Verhältnis zueinander hatten. Könnten Sie sich vorstellen, dass es da einen Zusammenhang gibt? Irgendeinen?

Nein, das kann ich nicht. Keine Ahnung. Vielleicht ist er auch einer der vielen, die einfach abhauen, die von der Bildfläche verschwinden. Das kommt doch so oft vor, wie Sie selber gerade gesagt haben. Andauernd kommt das vor. Es ist ja völlig normal, wenn Männer von heute auf morgen einfach nicht mehr da sind und ihre Ehefrauen dann eben zusehen können, wie Sie klarkommen. Das ist ja anscheinend das Normalste der Welt. Alltag!

Sie schrie und weinte gleichzeitig.

Aber der Fall des verschwundenen Kollegen war Ihnen bekannt? Das war Thema hier bei Ihnen zu Hause? Ihr Mann hat mit Ihnen darüber gesprochen? Entgegnete die Kommissarin grausam nüchtern und unbeeindruckt.

Die blonde Frau nickte.

Und haben Sie keine Vermutungen angestellt? Über die Gründe? Immerhin hat Ihr Mann doch von dem Verschwinden des Herrn beruflich ziemlich profitiert, oder? Er ist sozusagen rehabilitiert worden, wenn ich das richtig verstanden habe. Oder?

Was wollen Sie eigentlich von mir? Warum sind Sie hier? Sagen Sie doch einfach, was Sie von mir wollen.

Sie schrie, weinte und glitt, den Rücken gegen einen der Einbauschränke gelehnt, in die Hocke. Sie saß dann zusammengekauert auf dem Boden ihrer wenig einladenden Küche und wimmerte:

Sagen Sie doch einfach, was Sie von mir wollen.

Und sie wiederholte ihn immer und immer wieder, diesen einen Satz.

56.

Die in der Tat ausgesprochen praktisch veranlagte, aber eher wenig durchschnittliche Kommissarin öffnete die Tür zu ihrem kleinen, unscheinbaren Reihenhaus und stolperte als erstes über eine kläglich miauende Katze.

Idiotisches Mistviech. Dachte sie so laut, dass die Katze es beinahe gehört hätte. Dann schmiss sie ihre wattierte Jacke über den Garderobenständer und ihre zwar abgegriffene, aber innig geliebte Baumwolltasche in die Ecke. Er landete neben Turnschuhen in Größe 48. Auf dem Weg ins Wohnzimmer stieß sie gegen einen prall gefüllten Rucksack und verwünschte ihren Sohn, der mehr liegend als sitzend vom Sessel aus gebannt die Simpsons verfolgte und dabei an einem schrumpeligen Apfel nagte.

Hallo. Und – was gibt`s zu essen?

Sie verdrehte die Augen.

Hat die Katze schon was zu fressen bekommen? Keine Antwort, nur ein Schulterzucken.

Hat jemand angerufen?

Keine Ahnung.

Was? Wie kann man denn keine Ahnung davon haben, ob ein Telefon geklingelt hat oder nicht? Herrgott noch mal.

Bart quasselte vor sich hin und der Eigentümer der Turnschuhe Größe 48 hing an seinen Lippen. Kult.

Und du sollst nicht immer deine Sachen im Windfang rumliegen lassen. Räum das mal weg. Ich breche mir in diesem Haus noch sämtliche Knochen.

Habe ich aber nicht mit Absicht gemacht.

Sie verdrehte nochmals die Augen und seufzte.

Hausaufgaben fertig?

Nix auf heute. Was gibt`s denn nun zu essen? Ich habe Hunger.

Die Kommissarin ging in die Küche, räumte das Frühstücksgeschirr beiseite und füllte einen großen Topf mit Wasser. Sie schaltete die Herdplatte an und durchwühlte den Vorratsschrank auf der Suche nach einem Päckchen Spaghetti und Maggi fix. Sie fand beides.

Kannst schon mal den Tisch decken. Rief sie ins Wohnzimmer, allerdings ohne Bart Simpsons Stimme übertönen zu können. Also griff sie selber nach tiefen Tellern, Löffeln und Gabeln und der alten, verbogenen Spaghetti-Zange.

Essen bald fertig? Ertönte es von nebenan. Habe Hunger!

Sie musste lächeln, trotz allem, und füllte Katzenfutter in den Napf. Das graugetigerte Haustier, außer sich vor erwartungsvoller Freude, strich um ihre Beine.

Sie sah nach, ob das Nudelwasser schon kochte. Nein, das tat es nicht.

Irgendwas ist da oberfaul. Irgendwas stinkt bei dieser Sache zum Himmel, sagte sie zu sich selber, als sie den Deckel energisch zurücklegte und den Topflappen daneben. Mit diesem Luxuspärchen stimmt doch was nicht.

Und was immer es ist – ich kriege es raus.

XXVI.

57.

Die Sonne strahlte und lachte und wärmte, als gäbe es kein Morgen mehr, als freue sie sich unbändig, den Märzschnee endlich bezwungen zu haben. Oder als fürchte sie, er käme wieder.

Die Frauen saßen vor einem kleinen Café am Marktplatz, dessen Tische und Sonnenschirme noch den Geruch der Keller ausdünsteten, in denen sie überwintert hatten.

Die dunkelhaarige Frau, die größere von beiden, aß einen Caesars Salad und sie aß mit großem Appetit. Die andere, die mit den raspelkurzen hellblonden Haaren, rührte lust- und appetitlos in einer blassroten Tomatensuppe.

Komm, iss doch.

Ja. Gleich.

Schmeckt es dir nicht?

Ein schwaches Achselzucken.

Die andere richtete sich auf und blinzelte in die Sonne.

Was für ein herrliches Wetter. Neulich habe ich irgendwo gelesen, dass sich bei diesem Wetter ganz viele Leute umbringen. Depressive. Die halten es nicht aus, wenn plötzlich die ganze Welt wieder fröhlich, bunt und schön ist. Hast du das gewusst? Ich dachte immer, die bringen sich eher im November um. Oder zur Weihnachtszeit. Komisch, wie Menschen so ticken, oder?

Die blonde Frau nickte matt und rührte weiter schweigend und unablässig in der Suppe, auf der die schwimmenden Croutons allmählich aufweichten und zu sinken drohten. Sie schwieg. Und rührte meditativ-versunken und langsam

Ach, Liebes, das tut mir leid. Das hätte ich nicht sagen sollen. Das war so dumm von mir. Entschuldige bitte. Wie gedankenlos und dumm. Da lädst du mich schon zum Mittagessen ein und ich rede so einen Schwachsinn. Das tut mir wirklich leid.

Schon gut. Erwiderte die andere.

Eigentlich schade, dass wir so selten zusammen essen. Aber mittags habe ich ja auch meistens nur wenig Zeit. Außerdem muss ich gleich noch ein paar Schritte mit Paul gehen. Kommst Du mit?

Die, die immer noch in ihrer Suppe rührte, schüttelte den Kopf.

Und die andere deutete auf ihren alten Kombi mit schlammverschmierter Heckklappe, den sie in Sichtweite im Schatten geparkt hatte. Von Paul keine Spur. Vermutlich schlief er im betäubenden Gestank seiner Decken und Kissen.

Hast du gesehen, ich habe neue Sommerreifen.

Ja. Schön.

Nun iss doch deine Suppe. Wenigstens einen Löffel, mir zuliebe. Bat sie und nahm einen Schluck Mineralwasser. Ihre Stimme klang, als spräche sie mit einem widerborstigen Kind.

Indem du hungerst, holst du ihn auch nicht wieder zurück. Iss für mich. Bitte. Du darfst dich jetzt nicht so gehen lassen.

Auch die andere trank von ihrer Apfelschorle, nippte vorsichtig, benetzte ihre zusammengekniffenen Lippen.

Ich hatte neulich Besuch von einer Kommissarin. So eine direkte, forsche, so wie man sich eben eine Frau im Männerberuf vorstellt. Ein Trampel.

Ach, und was wollte sie? Gibt es irgendetwas Neues von ihm?

Ich glaube, sie denkt, ich hätte etwas mit seinem Verschwinden zu tun. Sie hat so komische Fragen gestellt, zu seinem Verschwinden, zu dem ganzen Geld, das er abgehoben hat. Als hätte ich etwas damit zu tun. Sie war nicht besonders freundlich.

Sie stutzte und drückte die verbleibenden Brotstückchen tief in das blasse Rot der bereits abgekühlten Suppe, wo sie verschwanden. Das stumpfe Suppenrot biss sich mit dem strahlenden Lack ihrer Nägel. Sie sah die andere an.

Ich habe Angst.

Die andere nahm ihre Hand, die kleine, weiße, und blickte ihr in die Augen, in denen Unsicherheit zu lesen war. Trübe, unglückliche, müde Augen, meinte die andere zu sehen.

Du brauchst doch keine Angst zu haben. Das ist doch Quatsch. Er ist weg, er hat dich verlassen. Und das hat er mit großer Sorgfalt vorbereitet. Ich glaube wirklich nicht, dass ihm etwas passiert ist. Und umgebracht hat er sich auch nicht – dazu ist er gar nicht der Typ. Das weißt du doch. Und das wird die Kommissarin sich auch denken. Aber natürlich müssen die nachforschen und nachfragen. Das ist schließlich deren Job. Niemand will dir wehtun, Liebes, ganz bestimmt nicht. Solche Leute machen einfach nur ihre Arbeit. Das musst du überhaupt nicht persönlich nehmen. Das darfst du nicht persönlich nehmen, auf gar keinen Fall.

Sie fischte ein Salatblatt vom Teller, schob es in den Mund und sprach kauend weiter. Kauend, aber sanft und liebevoll.

Du musst dir halt nur überlegen, wie es jetzt weitergehen soll, so ganz ohne seine finanzielle Unterstützung. Du brauchst einen Job, du musst doch von irgendwas leben. Es muss weitergehen und das wird es auch. Ich helfe dir dabei. Ich bin für dich da. Uns wird etwas einfallen. Ganz bestimmt.

Ich bin Künstlerin. Soll ich mich jetzt etwa in ein miefiges Büro setzen und für ein paar Kröten tippen? Das geht doch nicht. Ich bin schließlich meine Freiheit gewöhnt, meine Unabhängigkeit, das weißt du ja. Wie konnte er mir das nur antun? Unsere Putzfrau habe ich schon rausgeschmissen, ich kann mir nur noch das Nötigste leisten. Und ich kann froh sein, dass die Wohnung abbezahlt ist. Vielleicht kann ich zumindest mein Zuhause behalten.

Ja, das wirst du bestimmt behalten können, ganz bestimmt. Oh Mann, der Scheißkerl hat dir nicht gut getan, als er noch da war, und er tut dir nicht gut, nachdem er endlich weg ist, der Idiot.

Die Lippen der blonden Frau mit dem raspelkurzen Haaren bebten.

Ach, entschuldige. Ich weiß, ich sollte solche Sachen nicht sagen. Ich will dich wirklich nicht verletzen, aber mir zerreißt es einfach das Herz, dich so zu sehen.

Sie lehnte sich in ihrem Stuhl zurück und wandte ihr frühlingsblasses Gesicht der Sonne zu.

Sag mal: Habt Ihr eigentlich eine Lebensversicherung? Fragte sie in den Himmel.

Na klar, du kennst ihn doch. Alles absichern und zwar am besten dreifach. Aber wie das eben so ist: Ohne Leiche keine Kohle.

Sie sahen sich an und prusteten gleichzeitig los. Alle beide. Laut und fröhlich und quietschend und die Gäste am Nebentisch blickten herüber und mussten mitlachen. Zwei gut gelaunte, herumalbernde Frauen, die Spaß am Leben hatten. Oder am Tod.

Schön, dich endlich mal wieder lachen zu sehen. Dann wartest du eben erst mal ab, und wenn er nicht wieder auftaucht, lässt du ihn für tot erklären. Das muss doch nach einer bestimmten Frist möglich sein. Und ihm geschieht es recht, wenn er sich in Südamerika oder sonst wo unter Palmen räkelt, eine vollbusige, dunkelhäutige 25-Jährige im Arm, oder? Du kassierst dann die Versicherungsprämie und wirst dich mindestens so gut amüsieren wie er. Verdient hast du es.

Die Dunkelhaarige wischte sich etwas Dressing aus dem Mundwinkel und trank den Rest des Wassers aus. Eine zusammengeknüllte Serviette landete auf dem Teller.

So, ich muss los. Die Mittagspause ist immer zu kurz, stimmt`s? Wann sehe ich dich?

Ich melde mich. Wie immer. Eventuell. Antwortete die andere.

Du zahlst, ja?

Sie sprang mit einem Lächeln auf, deutete einen Kuss an und lief gut gelaunt und frühlingsfröhlich Richtung Auto.

Danke für die Einladung! Rief sie über die Schulter winkend der zu, die zurückblieb.

Ich habe Angst. Flüsterte ihr die andere stimmlos hinterher.

58.

Die blonde Frau mit den raspelkurzen Haaren hatte die ungegessene Suppe nebst eingeweichter Croutons zurückgehen lassen und gezahlt. Die Frage, ob es ihr nicht geschmeckt habe, hörte sie und vermisste sie nicht. Das Trinkgeld fiel knapp aus und passte nicht zum Wetter. Die Serviererin, die aussah wie eine Lehramtsstudentin, zuckte nur beiläufig die Schultern und räumte, die Frau keines weiteren Blickes würdigend, ab. Es war immer nur der nächste Gast, der zählte. Immer.

Das Smartphone vibrierte und sie erkannte die energische Stimme der Kommissarin sofort.

Wie praktisch, dass ich Sie gleich erreiche. Ich müsste Sie bitte unbedingt noch mal sprechen.

Ja, gerne. Ich bin gleich wieder zu Hause.

Nein, nicht bei Ihnen zu Hause. Ich möchte Sie hier haben. Auf dem Präsidium. In genau einer halben Stunde.

XXVII.

59.

Ein dunkelblaues Kostüm mit weißer Bluse und schwarzen Pumps – das wäre ihrer Ansicht nach die angemessene Kleidung für einen Besuch auf dem Polizeipräsidium gewesen. Nun trug sie aber Jeans, ein weißes T-Shirt, darüber eine feine Lederjacke aus Lammnappa und Mokassins. Zu casual, zu wenig seriös. Ein Halstuch trug sie nicht.

Sie fragte sich durch zum Büro der Kommissarin, fand die Tür und war enttäuscht. Keine Coolness wie bei Charlotte Lindholm, keine mütterliche Wärme wie bei Klara Blum, nur Chaos, eine abgegriffene Baumwolltasche mit Apotheken-Aufdruck zwischen Akten, Diktiergerät und viel Papier. Keine einzige Pflanze, nicht mal eine, die schon eingegangen war, keine Kaffeemaschine, nichts. Und mitten in dem ganzen Nichts thronte die Kommissarin in ihrer wattierten Jacke. In der praktischen, wattierten Jacke.

Ihre Gesundheit ist unser Anliegen, sprang sie an.

Wunderbar. Da sind Sie ja. Setzen Sie sich doch. Gut sehen Sie aus, sehr gut. Schicke Jacke. Bitte, nehmen Sie Platz.

Der Stuhl war gepolstert und bequem. Sie setzte sich sehr gerade hin und wusste, dass Sie gut aussah, auf jeden Fall besser als die Frau, die in den Papieren wühlte. Auf jeden Fall besser als dieses Trampel.

Wasser?

Nein, danke.

Ich würde unser Gespräch gerne auf Band aufnehmen. Ist doch in Ordnung, oder?

Ihre riesigen, fast quadratischen Pranken mit den besonders kurzgefeilten Fingernägeln angelten sich das Diktiergerät. Bestimmt trug sie eine Pistole unter ihrer praktischen Jacke. Eine Dienstwaffe. Dachte die, die verstohlen über das feine Lammnappa strich.

Warum das denn? Wird das hier ein Verhör?

Aber nein, ich bitte Sie! Mir ist lediglich daran gelegen, etwas Licht in das mysteriöse Verschwinden Ihres Mannes zu bringen. Das dürfte ja auch in Ihrem Interesse sein, nicht wahr? Und ich werde eine Art vorläufigen Abschlussbericht verfassen müssen und da erleichtert eine Aufnahme Ihrer Angaben meine Arbeit doch sehr. Sie verstehen? Dann muss ich nicht alles mitschreiben.

Ja. Sagte sie und verstand nichts. Sie verstand nur, dass sie auf der Hut zu sein hatte. Sie traute dieser

Kommissarin nicht, kein bisschen. Und sie hatte Angst vor ihr und ihren Fragen.

Ja, also gut. Prima.

Sie kramte weiter, schien das, was sie suchte, gefunden zu haben und betätigte die Aufnahmetaste des kleinen Gerätes, das so unschuldig aussah.

Wir waren fleißig in der letzten Zeit und haben mal ein paar Erkundigungen zu Ihren näheren Lebensumständen eingeholt. Sie sind Malerin, sagten Sie?

Ja.

Wir haben herausgefunden, dass Sie ein Atelier haben. Keine feine Gegend, aber vielleicht ist ja gerade das besonders inspirierend für Künstler. Und merkwürdige Menschen wohnen da. Nach langer Suche haben wir jedenfalls endlich drei Personen gefunden, die Angaben zu Ihrem Atelier machen konnten. Besonders viel hatten die uns allerdings nicht zu sagen, haben aber übereinstimmend angegeben, sie hätten nie etwas von irgendwelchen künstlerischen Aktivitäten mitbekommen. Überhaupt seien Sie wohl eher selten dort aufgekreuzt. Stimmt das?

Was tut das denn bitte zur Sache? Was hat das mit meinem Mann zu tun?

Gute Frage, ja, das ist wirklich eine gute Frage. Sehen wir mal weiter.

Sie überflog ein, zwei Seiten der Akte, die vor ihr lag.

Ab und an hätten Sie Besuch von einer Frau bekommen? Stimmt das?

Ich weiß wirklich nicht, was Sie von mir wollen. Das hat doch alles überhaupt nichts mit dem zu tun, was passiert ist.

Ach so – und was ist denn bitte schön genau passiert?

Die blonde Frau blickte auf ihre Mokassins und antwortete nicht. Sie schlug die Beine übereinander und versuchte vergeblich, ihre Nervosität mit dem rechten Fuß wegzuwippen.

Also weiter. Besuch von einer Frau ab und zu. Ansonsten haben wir weiter zu ihren künstlerischen Aktivitäten recherchiert. Internet, Galerien, Kataloge und so weiter. Nichts. Man kennt Sie nicht in der Kunstszene. Sagen Sie – haben Sie jemals ein Bild verkauft? Irgendeins, irgendwo?

Hören Sie auf. Machen Sie Ihr Gerät aus. Ich will nichts mehr sagen. Ich muss mich nicht beleidigen lassen. Oder verdächtigen.

Aber bitte – wer verdächtigt Sie denn? Wir sammeln nur Informationen. Ein Mensch ist verschwunden und wir machen unsere Arbeit. Alles klar? Vielleicht doch ein Glas Wasser?

Das Telefon auf dem chaotischen Schreibtisch der Kommissarin klingelte und sie musste die Baumwolltasche beiseiteschieben, um den Hörer abzunehmen.

60.

Ja. Bellte die Kommissarin und drehte ihren Stuhl so, dass sie aus dem Fenster sehen konnte. Die blonde Frau starrte auf die abgesteppten Rauten der wattierten Jacke und dachte angestrengt nach. Angestrengt und völlig ergebnislos.

Nein. Gebellt.

Auf gar keinen Fall. Lauter gebellt.

Du bleibst zu Hause und basta. Keine Diskussionen. Mir reicht das allmählich. Ich habe nein gesagt und dabei bleibt es auch.

Hin und her drehte sich der Stuhl und mit ihm die Rauten.

Genau. Ja, genau so ist es. Und vergiss nicht, die Katze zu füttern.

Der Hörer knallte mit Wucht aufs Telefon, aber zerbrach erstaunlicherweise nicht.

Sie haben keine Kinder. Seien Sie froh. Manchmal nerven die einfach nur. So – wo waren wir stehengeblieben? Ach ja – Ihre Malerei.

Hören Sie, ich weiß nicht, was Sie von mir wollen. Aber ich werde jetzt keine sinnlosen Fragen mehr beantworten. Mein Mann ist wie vom Erdboden verschluckt. Das ist schon schlimm genug. Und ich glaube nicht, dass ich mich von Ihnen noch zusätzlich bedrängen lassen muss. Ich halte das nicht aus, ich schaffe das einfach nicht. Und ich will auch nicht.

Bebende Unterlippe, feuchte Augen, piepsende Stimme. Hilflos und verschreckt schien sie, die blonde Frau mit den raspelkurzen Haaren. Die Frau, deren Finger sich in das edle Lammnappa gruben.

Ach, vielleicht haben Sie recht und wir sollten es wirklich dabei belassen. Es geht ja tatsächlich in erster Linie um Ihren Mann. Apropos: Auch über ihn haben wir ebenfalls Interessantes erfahren können, Ihre unmittelbaren Nachbarn und insbesondere seine Kollegen waren ziemlich auskunftsbereit. So, was haben wir denn da ...

Sie blätterte erneut.

Er wird beschrieben als eher unfreundlich, wortkarg, abweisend. Eine Dame sagte, er sei, Zitat, *wie ein fieser Ober-Macho rübergekommen.* Zitat

Ende. Kollegen bezeichnen ihn als egomanisch, ehrgeizig, Karriere beflissen, angepasst, durchsetzungsstark, äußerst kränkbar, schnell beleidigt und so weiter und so fort. Ein Mitarbeiter nannte ihn sogar psychopathisch, aber das muss natürlich nichts heißen. Wer weiß, welche offene Rechnung da noch eine Rolle spielte. Man darf solche Aussagen nie so ganz ernst nehmen, die Leute verfolgen damit oftmals ihre sehr persönlichen Interessen. Manche sind einfach nur froh und dankbar, mal Jemandem ordentlich eins auswischen zu können. Alte Rechnungen, wenn Sie wissen, was ich meine. So, sehen wir mal weiter … Zurückgezogen, wenig Interesse an Smalltalk, *keiner*, noch ein Zitat, *mit dem man nach dem Job noch um die Häuser ziehen möchte*. Eine sagte, er sei ein Machtmensch, ein kleiner Möchtegern-Macchiavelli. Das fand ich nun wirklich lustig: Möchtegern-Macchiavelli. Da muss man erst mal drauf kommen, oder?

Warum sagen Sie gewesen?

Ach ja, Entschuldigung. Dumme Angewohnheit von mir. Berufsbedingt, sozusagen. Ein narzisstischer Machtmensch also, konnte austeilen, aber nicht einstecken, perfektionistisch. Klingt alles nicht so übermäßig sympathisch, klingt aber auch nicht nach einem potenziellen Selbstmörder. Eher so, als hätte der werte Herr Gatte gut derjenige sein können, der andere umbringt, wenn Sie mich fragen.

Ich frage Sie aber nicht. Ich möchte gehen. Ich will nach Hause. Die Stimme der Blonden sollte fest und bestimmt klingen, tat es aber nicht. Jetzt wippte der linke Fuß.

Ja, das glaube ich Ihnen. Kommen wir nun doch mal zu Ihrem Lebensstil.

Das Telefon klingelte, die Kommissarin hob den Hörer an, raunzte ein Jetzt nicht! hinein und legte ihn neben das Telefon. Tut-tut-tut. Ganz leise, penetrant leise.

Manchmal muss man sich bei den pubertierenden Rotzlöffeln einfach nur radikal durchsetzen, Grenzen aufzeigen. Die brauchen immer wieder klare Grenzen, glasklare. Nur nicht nachgeben, so hat sie zu lauten, die pädagogische Devise, sonst ist man auf Dauer geliefert. Mussten Sie das auch – sich bei Ihrem Mann durchsetzen? Hat er Ihnen die Grenzen aufgezeigt oder sie ihm? Na, wie war das denn so bei Ihnen beiden?

Die blonde Frau sprach nicht mehr. Sie hielt sich selber fest, ohne zu wissen, was sie am Weinen hinderte.

Ich möchte Ihren Vorgesetzten sprechen. Und zwar sofort. Bitte.

Ja, gleich. Kommen wir aber mal zu Ihrem Lebensstil. Ich habe erfahren, dass Ihr Mann sehr, sehr gut verdient hat. Sie haben zwei Autos, eine geräumige, sehr große Eigentumswohnung, schick und teuer eingerichtet, eine Putzfrau, das kaum genutzte Atelier, aufwendige Sommerurlaube, gerne in Form exklusiver Fernreisen, im Winter Skifahren in den Schweizer Alpen, Mitgliedschaften im besten Fitness-Tempel der Stadt. Schulden: keine. Zumindest keine, von denen ich wüsste. Das konnte sich schon alles sehen lassen. Ein feines, ein stilvolles Leben. Man könnte von einem perfekten Leben sprechen. Ansonsten hat sich ihr Mann wohl tatsächlich ausgiebig mit der Frage beschäftigt, wie er seine Ersparnisse sinnvoll anlegen könne. Er hat sich zahlreiche Beratungen angedeihen lassen, allerdings ohne eine Entscheidung zu treffen. Immer war das Risiko zu hoch oder etwas anderes stimmte nicht. Und nun, wer hätte das gedacht, hebt er plötzlich binnen weniger Monate das ganze Geld in immer gleichen Beträgen nach und nach von seinem Konto ab. Merkwürdig. Sehr, sehr merkwürdig. Das will so gar nicht ins Bild passen, finden Sie nicht auch? Und Sie wussten von nichts. Na ja, Sie waren ja auch schwer mit Ihrer Malerei beschäftigt, der unsichtbaren, oder?

Hören Sie auf!

Die blonde Frau schrie und sprang auf. Der bequeme Gästebürostuhl fiel um und die Kommissarin sah auf.

Na, na … beruhigen Sie sich doch. Ich hatte ja neulich das Vergnügen, mich in Ihrer Wohnung umsehen zu dürfen. Wirklich schick, sehr schick. Kein Vergleich mit meiner Bude. Da müssen Sie ja mächtig stolz darauf sein, so kann man doch gut leben, oder?

Ich gehe jetzt. Das lasse ich mir nicht länger gefallen. Ich muss mir das nicht bieten lassen.

Nein, das müssen Sie wirklich nicht. Und wenn Sie jetzt gehen, haben Sie morgen die schriftliche Vorladung im Postkasten. Für übermorgen. Hoffentlich dauert die Befragung dann nicht doppelt so lange. Es kann ja so schnell mal was dazwischenkommen. Dringende Telefonanrufe halbwüchsiger Kinder zum Beispiel. Oder andere unaufschiebbare Angelegenheiten. Und dieses Tuten nervt.

Sie legte den Hörer wieder aufs Telefon.

Vielleicht müsste ich Sie dann sogar mal über Nacht hierbehalten. Wer weiß, wer weiß.

Dann komme ich eben mit meinem Rechtsanwalt wieder.

Kleinlaut dazwischengeworfen, chancenlos.

Machen Sie es doch nicht so kompliziert. Ich tue doch nur meine Arbeit und einen Rechtsanwalt braucht man erst, wenn man richtig in der Bredouille sitzt. Sonst ist das doch rausgeschmissenes

Geld. Nun setzen Sie sich schon. Wir haben es ja gleich und dann ist Ruhe. Versprochen.

Die Blonde setzte sich mit zitternden Knien und zitterndem Atem. Angst schnürte ihr die Kehle zu, Ohnmacht verhinderte das Denken. Hilflos setzte sie sich und starrte auf die Kommissarin. Kaninchen und Schlange. Schlange und Kaninchen. Das Trampel war kein Trampel mehr. Das Trampel war zu einer Bedrohung geworden.

Das waren also in aller Kürze eine Zusammenfassung Ihrer Lebensumstände und eine kleine Charakterisierung Ihres Herrn Gemahls. Und nur so am Rande: Gibt es eigentlich eine Lebensversicherung? Und bitte nicht lügen – ich kriege die Wahrheit sowieso raus.

Ja, ich glaube.

Sie glauben es?

Ja.

Nun schluchzte die blonde Frau.

So, so. Na ja, bislang ist er ja erst verschwunden und noch nicht tot.

Das Schluchzen wurde lauter, gequälter. Hysterischer, dachte die Kommissarin, verkniff sich aber jede Bemerkung.

Vielleicht wäre ein Glas Wasser doch keine schlechte Idee. Sagte sie stattdessen.

Die Frau, die ihr mit rotgeweinten Augen, tropfender Nase und teurer Nappalederjacke gegenübersaß, schüttelte den Kopf. Wenn sie längere Haare gehabt hätte, wären sie in alle Richtungen geflogen.

61.

Na gut, dann nicht. Nun muss ich Ihnen aber unbedingt erzählen, was ich noch herausgefunden habe. Ich bin ein bisschen stolz darauf, weil es wirklich eine mühselige, detektivische Kleinarbeit war, eine richtige kriminalistische Fleißarbeit. Wie ein Hundert-Millionen-Teile-Puzzle.

Die Kommissarin sah von ihren Papieren auf. Kein Trampel, sondern Schlange und Bedrohung und Gefahr.

Ich habe mir nämlich alle Vermisstenfälle in unserer Gegend angesehen und daraufhin überprüft, ob es Zusammenhänge zu Ihnen, zu Ihrem Mann oder den Kontobewegungen geben könnte. Möchten Sie das Ergebnis hören?

Zusammengesunken. Hängende Schultern. Das Kaninchen. Die Unschuld. Die Tränen.

Nun, möchten Sie?

Keine Antwort. Kaninchen antworten nicht.

Dann werte ich Ihr Schweigen mal als Zustimmung. Also, Spätsommer letzten Jahres. Erste Abhebung. Zwei Tage später verschwindet ein Kollege Ihres Mannes beim Fahrradfahren. Weg. Wie vom Erdboden verschluckt. Keine Zeugen, keine Spuren, nichts. Einfach weg und bis heute auch nicht wieder aufgetaucht. Weder tot noch lebendig. Hinterlässt eine geschiedene Frau, eine aktuelle Frau, drei minderjährige Kinder und einen Sack voll Schulden. Am interessantesten ist aber, dass dieser Mann ein Intimfeind des abgängigen Herrn Gemahl gewesen sein muss. Man habe sich von Herzen gehasst, so die Auskunft einiger Kenner der Szene. Außerdem hätte ihr Mann der Initiative des Verschwundenen zu verdanken gehabt, dass er kurz zuvor seinen Posten verloren habe und in gewissem Sinne degradiert worden sei. Und dann: Weg ist der Feind unter ungeklärten Umständen. Und siehe da – Ihr Mann hatte seinen alten Posten wieder. Seltsam.

Pause. Stille. Abwarten.

Und dann, Mitte Januar die zweite Abhebung von 80.000 Euro in bar. Wenig später verschwindet aus einem Dorf hier in der Nähe ein älterer Herr, Pensionär. Meldet sich ab zum Getränkemarkt und ward nie wieder gesehen. Weder mit noch ohne Getränke. Bis heute inklusive Auto verschwunden.

Auf den ersten Blick keine Verbindung zu Ihnen, aber auf den fünften oder sechsten. Da habe ich doch herausfinden können, dass der Herr Rentner vor Jahren mal Vorsitzender eines Golfclubs war. Und wer hat ebenfalls vor Jahren die Mitgliedschaft in dem Club beantragt und ist durch eben den besagten Herrn Rentner abgelehnt worden? Richtig – Ihr Mann. Fall Nummer drei: Bar-Abhebung Ende Januar. Wie gehabt. Zwei Tage später verschwindet eine Frau, die sich auf den Weg gemacht hatte, ihre Eltern zu besuchen. So ungefähr in Ihrem Alter, verheiratet, Hausfrau, alles völlig unspektakulär. Eine Querverbindung nicht erkennbar. In diesem Fall musste ich wirklich lange tüfteln, kam aber dann schließlich dahinter, dass diese Frau vor langer Zeit in einen Rechtsstreit mit Ihrem Mann verwickelt war. Es ging um den Verkauf eines Gebrauchtwagens und sie hat damals wegen was weiß ich geklagt. Auf jeden Fall hat sie gewonnen und Ihr Mann musste ziemlich viel Geld zahlen. Er hat dann Rechtsmittel eingelegt, was ihm aber auch nichts genutzt hat. Den dicken Ordner mit Klage, Klageerwiderung, Gutachten, Obergutachten und so weiter hatte die Frau immer noch im Regal stehen. Ein Ehemann und zwei Kinder warten und hoffen nun darauf, dass sie doch noch irgendwann nach Hause kommt. Wenn die man nicht vergeblich hoffen, sage ich Ihnen mal so unter vier Augen. Fall Nummer vier: Mitte Februar wird die übliche Summe abgehoben und zwei beziehungsweise drei Tage später verschwinden erst eine alte, gebrechliche Frau, dann ein achtjähriges Kind. Und hier muss ich nun wirklich passen – ich konnte bislang keinen Zusammenhang aufdecken. Aber was soll`s. Es ist ja noch nicht aller Tage Abend. Mitte März dann die fünfte Abhebung und wieder zwei Tage später verschwindet ein Mann aus Süddeutschland spurlos. Und nun kommt mein hochgeschätzter Kollege, Kommissar Zufall, ins Spiel: Weil der Lebensgefährte des jüngst Entschwundenen nämlich zufälligerweise gerade hier geschäftlich zu tun hatte, hat er die Vermisstenanzeige in unserem Haus erstattet. Und siehe da: Bei dem Verschwundenen handelte es sich um einen ehemaligen Studienkollegen Ihres Mannes, mit dem er sich damals fürchterlich zerstritten hatte. Es ging wohl um einen Posten als wissenschaftlicher Mitarbeiter an der Uni. Konkurrentenklage, das ganze Programm. Herausgekommen ist es nur, weil ich den Lebensgefährten einfach mal angerufen habe. Instinkt. Sie wissen doch: Mal locker aus der Hüfte in den Busch schießen und abwarten, ob ein Hase herauskommt. Und wie der Hase dann herauskam! Er erinnerte sich nämlich sofort an den Namen Ihres Mannes und hat mir natürlich sofort begeistert die ganze Geschichte erzählt. So ist das also: Fünf Abhebungen, sechs verschwundene Personen und davon in vier Fällen eine glasklare Verbindung zu Ihrem Mann, der ja nun auch weg ist. Und - was sagen Sie denn nun dazu? Können Sie mir das alles vielleicht irgendwie erklären? Irgendeine Idee? Irgendetwas, das uns nach vorne bringen könnte, meine Liebe?

Die Kommissarin lehnte sich in ihrem Stuhl zurück und trommelte mit einem Bleistift auf der Schreibunterlage, die zum Großteil von Papieren, Akten und einer abgegriffenen Baumwolltasche mit Apotheken-Werbeaufdruck verdeckt war.

Klack-klack-klack. Wie ein Maschinengewehr.

Sie lehnte sich zurück, trommelte und sah die Frau an, die ihr gegenüber klein und zerbrechlich wirkte. Sie wartete und nichts erinnerte mehr an ein Trampel. Oder an praktischen Durchschnitt.

Klack-klack-klack.

Vorher vielleicht nun doch einen kleinen Schluck Wasser? Fragte sie.

Besonders fürsorglich klang es nicht.

62.

Wie in Trance verließ sie das Polizeipräsidium, diesen gesichtslosen 70er-Jahre-Bau. Sie war durchgeschwitzt und verweint, erschöpft und sehr, sehr aufgewühlt. Sie war ärgerlich. Nein, eigentlich war sie wütend. Richtig wütend. So wütend wie selten zuvor in ihrem Leben, das so perfekt war, in dem es an nichts fehlte.

Sie schloss ihren Wagen auf und ließ sich hinter das Lenkrad fallen. Den Kopf zurückgelehnt spürte sie, wie die Wut sich ihrer weiter bemächtigte. Diese blöde Schlampe. Dieses Trampel. Dieses Miststück. Ihr Atem wurde schneller, sie hätte schreien mögen. Schlagen. Irgendwen.

Sie versuchte, tief durchzuatmen, aber es gelang ihr nicht.

Menschen gingen in das Gebäude, vor dem ihr Wagen stand und vor dem sich nun ihre Wut staute. Und Menschen verließen es. Frauen, Männer. Manche trugen Uniformen. Alle sahen wichtig und auf eine unbestimmte Art mächtig aus. Das ließ sie ihre Ohnmacht spüren.

Schlagen. Irgendwen. Treten. In irgendein Gesicht.

63.

Und täglich grüßt das Murmeltier. Dachte die Kommissarin, als sie im Windfang ihres kleinen, unaufgeräumten Reihenhauses über einen wie immer aufgeblähten Rucksack stolperte. Und die Katze strich miauend um ihre Beine.

Ein abgegriffener Baumwollbeutel flog in die Ecke, ihre Schuhe hinterher.

Ist wer zu Hause? Rief sie und es sollte fröhlich klingen, tat es aber nicht.

Hallo! Schickte sie hinterher.

Keine Antwort.

Sie ging, noch immer eingepackt in ihre wattierte Jacke, Richtung Wohnzimmer.

Der Mutter die mich nie geboren
hab ich heute Nacht geschworen
ich werd ihr eine Krankheit schenken
und sie danach im Fluss versenken

Dröhnte ihr entgegen. Ihr Sohn lag auf dem fleckigen Sisalteppich, der seine besten Tage schon lange hinter sich hatte, und blätterte lustlos in einem Mathe-Schulbuch. Vielleicht tat er auch nur so.

In ihren Lungen wohnt ein Aal
auf meiner Stirn ein Muttermal
entferne es mit Messers Kuss
auch wenn ich daran sterben muss[*]

Klasse Inszenierung. Dachte sie. Großes Kino, ganz großes Kino. Sie drehte Rammstein den Saft

[*] Rammstein, Mutter. Musik und Text: Richard Kruspe, Paul Landers, Till Lindemann, Doktor Christian Lorenz, Oliver Riedel, Christoph Schneider © by Musik Edition Discoton GmbH/ Universal Music Publishing Group und Pilgrim Management GmbH.

ab und setzte sich neben ihn auf den Boden. Eigentlich mochte sie Rammstein, aber das hatte sie ihm noch nie gesagt. Es wäre ihr auch unter pädagogischen Aspekten nicht besonders klug erschienen.

Na, alles klar?

Er wandte den Blick nicht von den Formeln ab, die sie nicht verstand. Noch nie hatte verstehen wollen.

Sie sah ihn an, diesen Sohn, der sie an Körperlänge, Gewicht und Sturheit längst überholt hatte. Ihren Sohn.

Sie nahm sein kindlich-rundes Gesicht in ihre viel zu kräftigen, quadratischen Hände und zwang ihn sanft, sie anzublicken. Er widersetzte sich nicht.

Ich liebe dich sehr, mein Kind. Sagte sie. Ich liebe dich so sehr, dass es manchmal richtig wehtut.

Von hier bis zum Mond und zum Mars und zurück? Fragte er mit unpassend tiefer Stimme.

Ja, von hier bis zum Mond und zum Mars und zurück und noch drei Mal um die Erde.

Und mit aller Behutsamkeit, die sie aufbringen konnte, küsste sie ihn unter den missbilligenden Blicken der hungrigen Katze auf seine pickelige Stirn.

Er grinste in die Formeln, schief, verlegen und dankbar.

XXVIII.

64.

Es war kurz nach 11 Uhr. Die Sonne strahlte und der Frühling war überall. In allen Gesichtern, in allen Herzen. Nur in ihrem nicht. Sie war den Weg, der an die Hundewiese grenzte, mehrfach auf und ab gegangen und hatte ihn nicht gefunden, den kleinen, untersetzten Mann mit dem gerollten R und dem gefährlichen Hund. Den mit der verspiegelten Sonnenbrille.

Sie setzte sich auf eine Bank, entschlossen zu warten. Er war immer da gewesen. Er würde auch heute kommen, nur vielleicht etwas später. Undenkbar, dass er nicht käme. Gerade heute, an diesem ganz besonderen Tag. An diesem Tag, an dem sie seine Hilfe so dringend benötigte wie noch nie. Sie wartete.

Radfahrer, Jogger, Mütter mit Kinderwagen, junge Mädchen, kichernd, Walkerinnen-Grüppchen zogen vorbei. Hundebesitzer. Ein Rollstuhl wurde geschoben. Und wieder junge Mädchen. Eine Frau mit Kopftuch, die einen kleinen, heulenden Jungen hinter sich herzog.

Auf der Wiese unterhielten sich zwei Frauen, während ihre Hunde tobten und sich zankten und kläfften und offensichtlich machten, was sie wollten.

Luna, nein. Rief ständig die eine. Emmi, hierher. Rief die andere. Immer im Wechsel. Diese Vollidioten mit ihren Scheiß-Kötern. Dachte sie. Dieses Getue. Widerlich ist das. Zum Kotzen. Völlig plemplem, diese Leute.

Sie wartete und sah auf ihre Armbanduhr und knibbelte an ihren Fingernägeln. Sie zupfte den Lack ab, hörte die Frauen lachen und sah sie schließlich gehen.

Ein kleines Mädchen zockelte an ihr vorbei, Ranzen und Zöpfe hüpften ein wenig. Ein Mann ging sehr eilig und telefonierte laut und mit energischer Stimme. Sie verstand nicht, was er sagte.

Es war 12 Uhr 10.

Eine radelnde Mutter zog einen Fahrradanhänger hinter sich her, in dem ein Kleinkind schlief, eine Mütze schief über dem viel zu großen Kopf, ein Auge war ganz verdeckt. Eine dicke Frau in Leggings schleppte sich an ihr vorbei und schien einen kurzen Moment lang darüber nachzudenken, ob sie der Frau auf der Bank Gesellschaft leisten solle, der Frau mit den hellblonden raspelkurzen Haaren und der Sonnenbrille. Sie ging aber weiter und aß ihren Döner. Zwiebelringe hingen heraus und einer fiel herunter.

Ein kleiner Vogel hüpfte vor der Bank hin und her und reckte seinen Schnabel in die Luft. Eine Ameise wich ihm aus. Sie hätte gerne einen Marienkäfer gesehen. Einen mit einer ungeraden Anzahl von Punkten. Das wäre ein gutes Zeichen, ein Omen. Sie sah keinen Marienkäfer. Es war 12 Uhr 37 und sie war ratlos.

Sie ging ein paar Schritte auf und ab und setzte sich wieder auf ihre Bank, die nun schon halb im Schatten lag. Ein schmutzig-weißer Westhighland-Terrier mit tränenden, geröteten Augen kam und roch an ihrem Fuß. Hau ab, du blödes Drecksvieh. Zischte sie. Der Besitzer hörte es nicht, aber der Hund verstand und ging seiner Wege. Der Besitzer, ein junger Mann, folgte ihm bereitwillig.

Sie sah auf ihr Smartphone. Nichts. Sie schlug die Beine übereinander und wippte wieder mit dem Fuß. Ein Pärchen, jung und eng umschlungen, blieb neben der Bank stehen. Sie küssten sich, tuschelten und er strich ihr eine Haarsträhne aus dem Gesicht. Das Mädchen war nicht hübsch, aber glücklich. Das sah sie sofort. Sie erkannte einen alten, gebeugten Mann, der schon vor etwa einer Stunde vorbeigekommen war. Sie nieste. Einmal, zweimal, dreimal, viermal. Einmal Freude, zweimal Leid, dreimal große Neuigkeit, viermal unverhofftes Glück. Na dann. Dachte sie. Das Ordnungsamt patrouillierte. Viel zu wichtigtuerisch, viel zu selbstgerecht und vermutlich viel zu schlecht bezahlt, um ernstgenommen zu werden. Es war 13 Uhr 20.

Vielleicht war er krank. Oder verreist. Oder verhaftet. Bitte, bitte nicht. Nicht verhaftet. Oder Tyson? Vielleicht war Tyson, der hässliche, schwarze, gefährliche Tyson krank. Oder tot. Sie grübelte im Schatten. Es war kurz vor 14 Uhr, als sie entschied, es sei Zeit zu gehen.

Sie stand auf, rückte ihre Sonnenbrille zurecht. Da sah sie ihn kommen. Unverhofftes Glück.

65.

Sie ging ihm schnell entgegen, lief fast.

Ich brauche Sie.

Er war stehen geblieben, Tyson, ohne Leine, wartete und sah an ihr hoch. Not amused.

Hören Sie – ich brauche Sie sehr, sehr dringend. Ich warte hier schon seit einer Ewigkeit. Es ist wirklich wichtig. Und es ist kompliziert.

Ich melde mich.

Nein, ich muss das persönlich mit Ihnen besprechen. Jetzt. Hier. Gleich.

Nein.

Nein? Wieso nein?

Sie kennen die Regeln.

Tyson wurde ungeduldig.

Bitte. Ich bitte Sie, nur dieses eine Mal. Nur diese eine Ausnahme. Sie sprach laut. Lauter als notwendig, und lauter als angebracht. Und sie berührte ihn am Arm.

Nehmen Sie ihre Hand da weg.

Ein stark gerolltes R und Tyson knurrte.

Die Hand blieb, wo sie war, und das Knurren des Hundes wurde entschlossener. Es kam direkt aus der Hölle. Doch es störte sie nicht. Empfindlichkeiten muss man sich leisten können.

Er stieß ihre Hand weg.

Fassen Sie mich nicht an. Nie wieder.

Der Hund knurrte weiter, seine Lefzen gingen hoch, er machte sich steif und groß. Und sie hatte Angst. Aber sie hatte schließlich auch ein Problem. Ein Radfahrer fuhr vorbei und drehte sich um nach diesem eigenartigen Trio, bestehend aus einer blonden Frau, einem untersetzten Mann mit verspiegelter Sonnenbrille und einem offensichtlich ziemlich schlecht gelaunten Kampfhund.

Wann können wir also reden? Und wo?

Knurrte sie. Und auch dieses Knurren kam direkt aus der Hölle.

66.

Sie fand ihn vor den Gedenksteinen im Kreuzgang der Kathedrale. Er trug verspiegelte Sonnenbrille und Lederjacke. Die Arme verschränkt las er leise murmelnd. Sehr leise, nur sie konnte es hören: Quod sumus, hoc eritis. Fuimos quandoque, quod estis.

Haben Sie Latein gelernt? Fragte er gegen die Wand und es hörte sich versöhnlich an. Er hatte ihre Ankunft erspürt. Sie schüttelte den Kopf.

Danke, dass Sie gekommen sind.

Schade, schade. Es steckt so viel Weisheit in dieser Sprache. Weisheit, Schönheit und Eleganz. Kein Vergleich zu der Moderne. Sie sollten sich mal mit den Römern beschäftigen, Werteste. Mit der Sprache, der Kultur und der Philosophie.

Hören Sie? Danke. Ich habe danke gesagt. Danke dafür, dass Sie gekommen sind.

Ja, Sie sagen immer irgendetwas. Und manchmal sagen Sie auch danke. Warum bin ich gekommen? Sagen Sie mir das auch?

Weil ich Ihre Hilfe bei der Lösung eines ganz speziellen Problems benötige.

Und sie sagte ihm, um welches ganz spezielle Problem es sich handelte.

Er schwieg mit verschränkten Armen die Gedenktafeln an und Marmor oder Granit schwiegen zurück.

Sie biss sich auf die Unterlippe.

Ich zahle das Doppelte. Sie bekommen 100.000, wenn Sie mir diesen kleinen Gefallen tun. 100.000 – das kann sich doch wohl sehen lassen, oder?

Memento mori. Sagte er und rollte das R stärker als je zuvor. Er drehte sich zu ihr um und sie sah ihr Spiegelbild vor seinen Augen.

Ich löse keine Probleme, wenn Polizisten involviert sind, gute Frau.

100.000. Wiederholte sie.

Für kein Geld der Welt. Verstehen Sie das? Ich bin Geschäftsmann und biete einen einwandfreien Service. Mir liegt die Zufriedenheit meiner Kunden sehr am Herzen. Ich habe exakte Vorstellungen von meinen beruflichen Werten, fühle mich einem Ehrenkodex verpflichtet und davon weiche ich nicht ab. Niemals. Diese Art der Konsequenz ist Teil meines Erfolges. Und einer meiner Grundsätze lautet, dass ich nicht käuflich bin. Verstehen Sie, wovon ich rede? Ich lasse mich für meinen Service angemessen bezahlen, aber ich bin nicht käuflich. Für niemanden. Auch für Sie nicht. Haben Sie mich verstanden?

Ja, das hatte sie. Und sie hatte auch gerade verstanden, wie man brüllen kann, ohne die Stimme zu erheben. Sie nickte. Und er fuhr fort, ein memento mori im Rücken.

Sie waren eine geschätzte Kundin. Aber ich schlage vor, dass sich unsere Wege nun trennen. Wahrscheinlich wäre es schon klüger gewesen, ihre letzten Aufträge abzulehnen. Aber nun gut. Ich danke für die Zusammenarbeit und für Ihr Vertrauen. Er wandte sich zum Gehen.

Nein, bitte gehen Sie noch nicht. Warum? Was ist denn los? Was habe ich denn falsch gemacht?

Er sah ihr ins Gesicht, schob die Sonnenbrille hoch, hielt den Bügel zwischen drei Fingern und fixierte sie aus samtbraunen, lebendigen Augen. Aus ganz normalen Augen.

Sie haben mich angefasst. Sie halten sich nicht an die Regeln. Und Sie verstehen nichts vom Geschäft, gute Frau. Sie wissen nicht, was ein Ehrenkodex ist.

Sie hielt seinem Blick stand. Eisblaue Augen. Unbarmherzig. Noch lange nicht zur Aufgabe bereit, noch lange nicht fertig mit ihm.

Gut. Erledigen Sie für 50.000 das Problem mit der Kommissarin und Sie sind mich los. Für immer. Dann brauchen Sie auch nicht gegen den Grundsatz Ihrer angeblichen Nichtkäuflichkeit zu verstoßen. 50.000 wie gehabt. Und Sie sehen mich nie wieder. Na, ist das ein Deal?

Habe ich Ihnen nicht schon mal gesagt, Sie sollen nicht so viele schlechte Kriminalromane lesen, gute Frau? Solche Deals gibt es nur in Büchern. In schlechten Büchern. Machen Sie sich also nicht lächerlich. Sie verstehen nichts von derartigen Dingen. Auf Wiedersehen.

Sie holte tief Luft.

Wenn Sie sich weigern … Rief sie dem Gehenden hinterher.

Wenn Sie mir Ihre Hilfe verweigern, müsste ich wohl doch noch mal einen Termin im Polizeipräsidium vereinbaren. Ich müsste darüber nachdenken, ob es nicht angebracht wäre, einige Informationen weiterzugeben, die dort sicherlich von größtem Interesse wären. Ich nehme an, Sie wissen wovon ich rede. Und – wie klingt das in Ihren Ohren? Wären 50.000 in bar nicht vielleicht doch die bessere Alternative?

Er hob im Gehen die Hand und winkte ihr zu, drehte sich aber nicht mehr um. Er lachte laut und kräftig.

Denken Sie an die Sache mit den Kriminalromanen. Und lernen Sie Latein. Suum cuique – schon mal gehört?

Er ging und sein Lachen verwirbelte an den Säulen des Kreuzganges.

Des menschenleeren.

XXIX.

67.

Im Atelier war es dunkel. Die stockigen Vorhänge waren zugezogen und nur auf der Arbeitsplatte brannte eine kleine, schwarze Klemmleuchte und ließ das Schlüsselbund und den Lederriemen ihrer Handtasche erstrahlen. Gleich daneben, im Dunkel, lag ein Skizzenblock, auf dessen erstem Blatt noch immer ein Granatapfel wartete. Ein Stillleben. Ich sollte es malen. Dachte sie kurz und ging weiter mit verschränkten Armen auf und ab, den Blick unverwandt auf ihre Füße gerichtet.

Sie schritt schon eine ganze Weile jeden Quadratmeter ihres Ateliers ab. Sie hatte eine Entscheidung zu treffen. Und zwar möglichst schnell.

Hin und wieder, vielleicht in fünfminütigen Abständen, nahm sie einen trockenen Schokoladenkeks vom Tisch und knabberte an ihm, ohne in ihren Runden innezuhalten. Die aufgerissene Kekstüte lag im Schatten des Klemmleuchtenlichtes. Auch eine Flasche Orangensaft, zuckerfrei, fand sich dort. Damit spülte sie die restlichen Kekskrümel hinunter. Sie trank direkt aus der Flasche, ein Glas brauchte sie nicht. Ein Glas hätte sie nur beim Denken gestört.

Sie ging zur Toilette und wusch sich danach nicht die Hände. Sie hatte nachzudenken. Für Überflüssiges war kein Platz. Sie zog den schweren, dunkelroten Samtvorhang, der an der Wand neben der WC-Tür befestigt war, zur Seite und besah den kleinen, fensterlosen Raum, der sich dahinter befand. Ein ehemaliger Abstellraum.

Sie nahm ihre kreisrunden, konzentrierten Gänge wieder auf, ohne den Vorhang zu schließen. Der ehemalige Abstellraum verfolgte ihre Schritte und erinnerte sie in der Dunkelheit, die ihn durchtränkte, an ein riesengroßes Maul. Nur ohne Zähne.

Es würde nicht mehr lange dauern, das spürte sie. Es galt nur, die letzten Fürs und Widers gründlich gegeneinander abzuwägen. Lediglich der Form halber, denn das Ergebnis stand bereits fest. Sie wusste, sie hatte keine andere Wahl.

Schließlich – es waren nur noch vier Kekse übrig – griff sie zu ihrem Smartphone. Die Nummer war eingespeichert, alles ging ganz schnell. Es war immer schnell gegangen.

Komm. Sagte sie in den kleinen Apparat an ihrem Ohr. Komm sofort.

Klar. Knapp. Präzise.

Nein, nicht zu mir nach Hause. Natürlich nicht. Komm ins Atelier. Jetzt. Sofort.

68.

Die Kommissarin saß im Bett, alleine in ihrem eigenen Bett, in dem sich zahlreiche Kissen, Zeitschriften, Notizzettel, eine längst erkaltete Wärmflasche, zwei Hörbücher, mehrere Paar Socken, verschiedene Gebrauchsanweisungen für verschiedene Elektrogeräte, einige zerknüllte Beipackzettel und ein uralter, einäugiger Teddy um Raum balgten. Ihr zu Füßen hatte sich die graugetigerte Katze zusammengerollt. Es war eng in dem breiten Bett, eng und unglaublich gemütlich inmitten der hellblauen, praktischen Seersucker-Bettwäsche. Praktisch, weil bügelfrei.

Sie saß an die Kissen gelehnt, die Lesebrille tief auf der Nase und ihre Hände hielten ein Buch. Irgendein Buch. Sie war über das Lesen des Klappentextes noch nicht hinausgekommen und sinnierte nun im Licht der Nachttisch-Leuchte mit Zwergenmotiv vor sich hin. Die Leuchte war ein Relikt aus den frühesten Kindertagen ihres Sohnes. Sie war noch nicht dazu gekommen, eine neue zu besorgen. Es gab vieles in ihrem Leben, zu dem sie nicht kam. Auch nie kommen würde.

Was mache ich bloß mit dieser Frau? Mit dieser falschen Schlange? Fragte sie den Teddybären. Er tat, als hätte er sie nicht gehört. Er tat, als sei er nicht nur halbblind, sondern auch halbtaub.

Als Assistent bist du wirklich eine Nullnummer, Harry. Und den Wagen holst du auch nie, wenn ich`s dir sage. Sie grinste über ihren kleinen Scherz und stupste Harry mit dem Fuß in die Seite, woraufhin er brummend umfiel.

Das wiederum störte die Katze in ihrem Maus-Traum. Sie drehte sich auf den Rücken, streckte Beine, Tatzen und Krallen aus und gähnte so herzhaft, wie nur glückliche, wohlversorgte Tiere gähnen können. Dann träumte sie weiter und ihre Schnurrhaare zuckten.

Was mag zwei schöne, wohlhabende und gesunde Menschen bewogen haben, andere Leute mehr oder weniger wahllos beiseite zu schaffen? Rache? Nur Rache? Sie hatten doch alles, was man sich wünschen kann. Sie lebten doch gut. Sie hätten so zufrieden sein können, so ... so … wie soll ich es ausdrücken? So satt. Und was ist mit ihm los? Ich verstehe, dass sie gemordet haben, wahrscheinlich gemeinsam, ich verstehe nur noch nicht, warum. Und ich verstehe noch nicht, wie. Was waren die Motive? Natürlich spricht einiges dafür, dass sie ihn umgebracht hat, aber warum? Das wäre so unglaublich sinnlos. Oje, diese Frau stellt wirklich eine Herausforderung dar. Aber ich kriege das noch raus, ganz sicher. Oder was meinst du?

Auch die Zwergenlampe ließ sich zu keiner Antwort hinreißen. Undankbare Bande. Dachte sie und löschte das Licht.

Bevor sie einschlief, schickte sie ein kleines Gebet irgendwohin. Ein kleines Gebet für ihren Sohn. Das machte sie jeden Abend. Es war ihr zur lieben Gewohnheit geworden. Sie betete für ihren Sohn, der Rammstein und deren merkwürdige Texte liebte, für die er viel zu jung war. Sie betete zu kurz und zu schnell und es war ihr ein bisschen peinlich. Aber nur ein ganz kleines bisschen.

69.

Es klopfte und sie öffnete die schwergängige, sich ihr widersetzende Tür. Sie ruckelte und zog und dann gab sie endlich nach. Ihr Gast trat wortlos ein. Kein Gruß. Ihr Gast ging gebeugt Richtung Abstellraum. Ihr Gast kannte sich aus.

Nein. Sagte sie und schob den Klappstuhl zurecht. Setz dich.

Ihr Gast sah sie fragend an. Sie nickte. Ja, setz dich. Das tat er, der Gast, und wirkte scheu, verunsichert, vielleicht sogar verstört. Etwas wich ab.

Sie, die blonde Frau mit den raspelkurzen Haaren, setzte sich auf den Rand der Arbeitsplatte, an der nie gearbeitet wurde, und stützte sich mit der rechten Hand ab. Das Licht der Klemmleuchte ließ die Haut am Handrücken durchscheinend schimmern. Man erkannte den mäandernden Verlauf der Adern, ihre Verletzlichkeit trat deutlich hervor. Die Hand wirkte seltsam traurig.

Hör mir zu. Hör einfach nur zu. Ich habe dir etwas zu sagen. Und ihr Gast tat, wie ihm geheißen. Ihr Gast hörte zu.

70.

Lass es mich kurz machen. Ich will dich nicht langweilen und wir haben keine Zeit. Hör mir also einfach nur zu.

Verständnisloses Nicken.

Du weißt ja, dass er seit einiger Zeit verschwunden ist. Du weißt aber noch nicht, dass er tot ist. Ich habe ihn nämlich umbringen lassen. Für 50.000 bar auf die Hand. Nur 50.000. Fast ein Schnäppchen, oder?

Weit aufgerissene Augen.

Sicher, diskret, keine Spuren, keine Zeugen, keine Leiche. Ein guter Plan. Er musste sterben. Er hat sein Grab eigentlich selber geschaufelt, könnte man sagen. Er hat nämlich die Nerven verloren und wollte etwas sehr, sehr Dummes tun. Er wollte zur Polizei gehen und sich und mich anzeigen. Er wollte den Bullen sagen, dass wir zuvor bereits gemeinsam fünf Menschen haben umbringen lassen. Einfach so. Aus Spaß. Weil wir den Kick wollten, das besondere Erlebnis. Pro Leiche 50.000 auf den Tisch – so einfach war das. So unglaublich einfach. Alles, was wir tun mussten, war, die Leute auszuwählen, über Leben und Tod zu bestimmen und dann jeweils 50.000 auf den Tisch zu blättern. Und zwei Tage später flogen die Schampus-Korken. Gut, oder? Perfekt. Der Erste war übrigens dieser Personaltyp, der ihn aus dem Job geekelt hat, erinnerst du dich? Bei den anderen Vieren ging es nur um die pure Freude, um den Spaß. Ich weiß nicht, was ihn geritten hat, aber plötzlich wollte er nicht nur aufhören, nein, er wollte eine Selbstanzeige starten, der Idiot. Ganz ohne Not. Und er war nicht davon abzubringen. Das ging eben nicht. Das konnte ich auf gar keinen Fall zulassen. Wer den Teufel zum Tanz bittet, kann ihn dann nicht einfach stehen lassen, wenn er keine Lust mehr hat. Das ist gegen alle Regeln, das wusste er genau. Und ich wollte unter gar keinen Umständen in den Knast. Das war doch nicht der Sinn der Aktion – ein Leben im Knast. Na ja, er war auf jeden Fall keinen Argumenten zugänglich, er wollte sein Ding durchziehen, von unserem Plan abweichen und damit hatte er sein Ende besiegelt. Ist doch klar. Was sollte ich denn sonst machen? Aber nun sitze ich erst richtig in der Scheiße. Diese übereifrige Kommissarin hat irgendwie Lunte gerochen und will mich nun fertigmachen. Im Klartext heißt das: Die Schlampe muss auch weg, damit endlich Ruhe ist. Und mein Vertrauensmann will da nicht ran. Die Sache ist ihm zu heiß. Ich brauche also eine andere Lösung. Und das ist der Punkt, an dem du ins Spiel kommst.

Ihr Gast sah die Frau unentwegt an. Starr. Fixierend. Ungläubig. So große Augen hatte ihr Gast, so riesengroße Augen voller Entsetzen, Unverständnis und grenzenloser, hingebungsvoller, fiebriger Bewunderung. Um Fragen ringend. Oder um Erlösung.

Die blonde Frau kannte diesen Blick und genoss ihn. Sie stand auf und ging um den Klappstuhl herum, auf dem ihr Gast saß. Vor ihm blieb sie stehen, beugte sich hinab und sah in bewundernde, angespannte, erwartungsvolle Augen. Lange. Und keine Wimper zuckte.

Sie richtete sich auf, lächelnd, und deutete dann mittels einer knappen Kopfbewegung Richtung Abstellraum.

Ihr Gast stand auf und folgte der Bewegung, ohne zu zögern oder zu fragen. Der wortlose Gast widersetze sich nicht. Der Gast, der nun eine Marionette war, durchschritt das Atelier und näherte sich dem, was der schwere Vorhang normalerweise bedeckte und verbarg. Der Gast, eine große, dunkelhaarige Frau mit lockigem Haar, näherte sich einem dunkelgrauen Sofa, einem durchgesessenen, fleckigen Dreisitzer.

Und noch im Gehen öffnete sie mit fahrigen Bewegungen ihrer geübten Finger die Knöpfe ihrer Bluse.

71.

Neues Spiel und alte Regeln. Keine Sieger, nur Verlierer. Sie öffnete die Knöpfe ihrer Bluse, riss sie auf, fast ab. Sie streifte Schuhe, Jeans und Slip ab, die wie farbige Blutlachen auf dem Boden zurückblieben. Einen Büstenhalter trug sie nicht. Sie trug ihn nie, wenn sie ins Atelier befohlen wurde. Sie zog ihn schon zu Hause aus. Notfalls im Auto oder auf der Damentoilette im Verlag. Ein Büstenhalter wäre ihr zu abwehrend und zu lästig erschienen. Sie, die andere, hatte es meistens eilig.

Sie legte sich auf das Sofa und verspürte die vertraute Schärfe der Metallspirale am Schulterblatt und es tat gut. Die Andere hatte eine kleine Truhe geöffnet, die sich zwischen Sofa und Wand in den Falten des Vorhanges zu verstecken versuchte. Sie nahm Bänder heraus und eine Peitsche. Die kleine, die kunstvoll gewirkte, die, die besonders schmerzte, aber nie die Haut zum Platzen brachte.

Sie drehte die Frau auf den Bauch und fesselte deren Handgelenke mit einem schwarzen Seiden-

band. Sie zog fest zu, sehr fest. Ein anderes Seidenband führte sie um ihren Kopf, um ihr die Augen zu verbinden. Sie achtete darauf, dass das Tuch in die Schläfen schnitt. Dann drückte sie den Kopf tief in die Sitzpolster und kniete sich mit dem rechten Bein auf die Oberschenkel der Anderen. Die Peitsche fuhr streichelnd über den weißen Rücken und malte Bilder, Symbole der Macht. Dann schlug sie zu, die Peitsche, nicht zu fest, nicht zu vorsichtig, gerade richtig. So, dass die Haut sich rötete, ohne aufzuplatzen. So, dass die Andere stöhnte. Vor Schmerzen und vor Lust.

Wieder und wieder und wieder.

72.

Sie hatte sich angezogen und saß auf dem Sofa. Die Truhe, die wunderbare Truhe war verschlossen. Vorbei. Es war vorbei. Vorerst. Normalerweise wäre sie jetzt gegangen, ohne ein Wort, ohne einen Gruß hätte sie die knarrende Tür hinter sich geschlossen und sich lustvoll und dankbar geschämt. Heute blieb sie. Heute durfte sie bleiben.

Ihr Hals war trocken und geschwollen. Um Wasser zu bitten, wagte sie nicht.

Die blonde Frau setzte sich neben sie und streichelte ihre Wange. Ihr Zeigefinger glitt über die Muster, die die Augenbinde an der Schläfe hinterlassen hatte. Markierungen. Sie gehörte ihr. Hatte ihr immer gehört und würde ihr immer gehören. Für immer und immer.

War es schön für dich?

Die andere senkte den Blick. Zu antworten käme einer Unverschämtheit gleich. Sie nickte und man konnte es kaum sehen.

Um noch mal auf unser Thema von vorhin zurückzukommen: Klar ist, das Trampel von Kommissarin muss weg und du wirst das für mich erledigen. Verstanden?

Die andere Frau, noch vom Geruch der Lust benommen, sah sie fragend an. Nein, sie verstand nicht. Gar nichts verstand sie.

Das meinst du doch nicht ernst, oder? Flüsterte sie heiser.

Du glaubst, ich scherze? Habe ich jemals gescherzt, wenn ich dir eine Anweisung gegeben habe?

Sie griff nach dem Handgelenk der Dunkelhaarigen und bog ihren Arm nach hinten, krallte sich in das von der Fesselung gerötete Fleisch.

Antworte!

Nein, nein, das hast du noch nie. Presste sie hervor.

Lauter! Ich verstehe dich nicht.

Nein. Etwas klarer, lauter, verzweifelter und entsetzter.

Gut.

Sie ließ den Arm los.

Beide schwiegen. Die blonde Frau setzte sich wieder auf die Arbeitsplatte und betrachtete eingehend ihre lackierten Fingernägel. Nein, es klebte kein Blut an ihnen. Kein sichtbares.

Aber - wie soll das gehen? Wie soll ich das denn machen? Sagte die, die nach Worten suchte. Oder nach irgendetwas anderem, an dem sie sich hätte festhalten können.

Mir egal. Überleg dir was.

Aber …

Was aber?

Aber sie wird doch Kollegen haben. Sie wird doch mit denen über den Fall gesprochen haben. Nach ihr könnte doch ein anderer Polizist weitere Nachforschungen anstellen. Das ist doch der komplette Wahnsinn, was du da vor hast. Das kannst du doch nicht wirklich wollen.

Wenn, könnte, hätte … meine Güte! Mach es doch nicht so kompliziert. Der Tag, die Sorge. Erst mal räumen wir dieses Problem beiseite und dann sehen wir weiter. Dauerbedenken bringen im Moment jedenfalls gar nichts. Oder würdest du mich gerne einmal im Monat im Frauengefängnis besuchen? Für den Rest deines Lebens?

Stille.

Na also.

Ich weiß doch gar nicht, wie das geht. Wie soll ich das denn machen? Das kann ich nicht. Wirklich, glaube mir doch. Ich kann das nicht. Du kennst mich doch. Du weißt, dass ich das nicht kann.

Sie flehte, sie bettelte. Die andere hob den Blick von ihren blutrot lackierten Nägeln und schickte in den Raum, der ihr Feind war und ihr Verbündeter, ein wölfisches Lächeln.

Ach, mein Herz, du kannst und weißt doch viel mehr, als du zugibst. Mach mir nichts vor – dafür kenne ich dich wirklich zu gut. Du hast Verbindungen, du kennst die richtigen Leute oder meinetwegen auch die falschen Leute, du hast jahrelang Krimi-Manuskripte überarbeitet. Weißt du noch – damals haben wir immer so gerne über den perfekten Mord palavert. Das war lustig. Also – wer, wenn nicht du, weiß, wie man ein dummes, dickes, unverschämtes Beamten-Trampel auf elegante Art loswerden kann?

Sagte die Wölfin.

Aber das damals war doch nur ein… ein Spiel. Warf die Dunkelhaarige ein und ihre Stimme zitterte.

Ich spiele nie. Fuhr die andere fort.

Spiele sind etwas für Kinder und für Idioten. Und gib jetzt bloß nicht die Unschuld vom Lande, Süße. Das nehme ich dir nämlich nicht ab. Du wusstest schon immer, wie man ans Ziel kommt. Und jetzt gebe ich das Ziel vor und du wirst folgen, weil du mir immer folgst. Und weil wir von der gleichen Art sind. Wie die zwei Seiten einer Münze, wenn du verstehst, was ich meine. Und das tust du doch, oder?

Sagte die Wölfin und lächelte immer noch.

Und ging auf die andere zu und streichelte erneut deren Wange und wie zufällig berührte ein Arm eine Brust.

Und du sollst das auch nicht umsonst machen. Du ziehst zu mir und du wirst das Leben haben, das du dir immer erträumt hast. Große Wohnung, Urlaube, schickes Auto, coole Klamotten. Wir werden zusammen leben, keine heimlichen Treffen mehr in diesem elendigen Kabuff. Und, meine Schöne, du wirst jeden Tag von mir das bekommen, was du so dringend brauchst wie die Luft zum Atmen. Na, klingt das gut? Deinen dämlichen Köter will ich natürlich nicht dabeihaben, von dem wirst du dich trennen. Da kannst du dir auch schon mal was überlegen. Wenn du willst, drehe ich ihm auch gerne selber den Hals um. Oder wenn du dich nicht trauen solltest.

Sie dachte an Paul und lächelte nicht mehr.

Du hast gesagt, du hättest kein Geld mehr. Alles sei weg. Er hätte alles ausgegeben. Du wirst doch vielleicht die Wohnung gar nicht behalten können.

Du hältst mich wohl für ziemlich blöd, oder?

Die andere schüttelte den Kopf. Sogar ziemlich heftig.

Du hast mich angelogen, oder? Stellte sie fragend fest.

Natürlich. Ich habe dich angelogen. Ich habe dich sogar ziemlich oft angelogen, um ehrlich zu sein. Hör zu – der Typ, der die Sachen für mich erledigt hat, wollte pro Problem 50.000. Ihm habe ich gesagt, er verlange 80, und die hat er mir dann auch brav gegeben. Fünf mal 80.000 macht 400.000, minus 250.000 macht 150.000 Reingewinn. Minus 50.000 für sein Verschwinden bleiben 100.000. Das wäre doch schon mal ein gutes Startkapital. Miete oder sowas fällt ja nicht an. Vorerst wirst du weiter im Verlag arbeiten, ich werde malen, mehr und besser und erfolgreicher denn je. Ich habe ganz neue Ideen. Und ich werde sie umsetzen können, wenn ich dich in meiner Nähe weiß. Ich werde sehr viel Geld verdienen mit deiner Hilfe. Und irgendwann wird dann auch die Lebensversicherung ausgezahlt. Das ist dann ein richtiger Geldsegen für mich. Oder für uns. Er hat mir nie gut getan – das weißt du doch. Das waren deine Worte. Ach, und übrigens: Der Typ, den ich angeheuert habe, war der von der Hundewiese. Du weißt schon, der Kriminelle, von dem du mir mal erzählt hast. Der mit diesem ätzenden Kampfhund. Du hast ihn mir sozusagen empfohlen, du hast mich erst auf die Idee gebracht.

Sie lachte wieder, viel lauter als vorhin.

Du hängst also mit drin, so oder so. Vergiss das nie, meine Süße, vergiss das nie.

XXX.

73.

Et voilà – hier ist es, dein neues Leben. Komm rein. Sieh dich um. Fühl dich wie zu Hause.

Die Blonde versuchte sich, ihren Haustürschlüssel noch in der Hand haltend, an einer Pirouette. Sie misslang.

Dann ging sie voraus durch den langen Flur und die dunkelhaarige Frau folgte ihr vorsichtig. Es roch sauber und gepflegt und reich. Designermöbel, erlesene Antiquitäten und geschmackvolle Kunst bildeten ein beindruckendes Ensemble. Ein Ensemble, kein Zuhause.

Helle Farben dominierten, warme Holztöne, Fliesen, indirekte Beleuchtung. Mediterrane Leichtigkeit, wohldosiert. Ordentlich war es, aufgeräumt. Und selbst die Zeitschrift auf dem Sideboard hatte etwas Dekoratives. Hier atmeten Geschmack und Stil und Gespür Atmosphäre. Ein Herz schlug hier nicht.

Die dunkelhaarige Frau ging an einem Küchenstuhl vorbei und strich über die Rückenlehne. Schön. Sagte sie.

Den Kaffeevollautomaten würdigte sie keines Blikkes.

Schön. Sagte sie auch, als sie hinaustrat auf die Loggia und den Aschenbecher sah, die Klematis, die wieder austrieb, obwohl die Märzkälte ihr zugesetzt hatte. Sie sah die Klematis und den Rest, sie sah über die Dächer der Stadt und sie sah die Kirchtürme, die sich stolz emporreckten.

Wirklich schön.

Kaffee? Fragte die Frau, die blonde raspelkurze Haare hatte.

Nein.

Wasser? Saft? Nein – Prosecco! Heute ist ein Prosecco-Tag. Und wie sie das sagte, klang es glücklich, lebensfroh und zuversichtlich.

Sie nahm eine Flasche mit schlichtem Etikett aus dem Kühlschrank mit integriertem Ice-Crusher und Edelstahlfront. Das Etikett war so dezent, weil der Prosecco sehr, sehr teuer war.

Du kochst selten. Stellte die andere Frau fest, die keine Gebrauchsspuren in der Designer-Küche hatte entdecken können.

Manchmal schon. Erwiderte die andere und machte die Flasche auf. Plopp. Sie nahm Wassergläser aus dem Schrank und goss ein.

Auf das Leben und auf das, was wir lieben. Lass uns feiern. Sie hob ihr Glas. Die andere rührte ihres nicht an.

Und – hast du es dir so vorgestellt?

Ich weiß nicht.

Schon deutlich besser als das Loch, in dem du haust, oder? Abends auf der Loggia sitzen, erstklassigen Rotwein trinken und wissen, dass morgen der Flieger auf die Malediven geht. Das hat doch was. Austern und Schampus statt fettiger Pizza vom Türken um die Ecke. Luxusboutique statt H&M. Das habe ich dir immer wieder versucht, zu erklären. Er hat alles hier bezahlt, alles. Er hat mir dieses Leben ermöglicht. Und ich musste nicht mehr dafür tun, als ab und an die Beine breit zu machen und seine Marotten und Macken zu ertragen. Ich hatte alle Freiheiten dieser Welt. Und dich, wenn mir danach war.

Sie trat, das Prosecco-Glas weiter haltend, zu der anderen und legte ihre Hand in deren Schritt und verspürte ihr Beben, ihr Verlangen und keinerlei Widerstand.

Bring die Sache hinter dich. Löse unser Problem und alles, was du hier siehst, ist deins. Flüsterte sie und verstärkte den Druck ihrer Hand.

Du gehst ein bisschen arbeiten, aber ansonsten hat dein Aschenputtel-Leben ein Ende. Aus Aschenputtel wird Schneewittchen. Und ich bin die Prinzessin, die dich wachküsst. Nur ein bisschen arbeiten.

Und vorher noch ein klitzekleines Problemchen aus der Welt schubsen. Hauchte sie.

Und schaff uns möglichst schnell deinen blöden Köter vom Hals. Fügte sie hinzu.

74.

Los, aufstehen. Ich muss los!

Brüllte die Kommissarin aus vollem Hals.

Währenddessen rannte sie, die Haare noch nass vom Duschen und zwei Stufen auf einmal nehmend, nach unten Richtung Küche und schrieb in aller Eile einen kurzen Einkaufszettel, während der Wasserkocher summte. Als er ausgesummt hatte, schüttete sie das heiße Wasser in ihre Lieblingstasse, die, an der der Henkel fehlte, rührte zwei Teelöffel Instantkaffee hinein und pustete in die braune Brühe.

Sie überflog das, was sie mit dem Kugelschreiber, dessen Mine schmierte, zu Papier gebracht hatte: O-Saft, Gouda, 2 Pizza/TK (ohne Champignons!!!!), Äpfel, Toast (kleine Packung) stand da. Und darunter, zweifach unterstrichen: Katze füttern!

Unten rechts, ganz klein: hdl und ein verunfallter Smiley.

Sie rubbelte einen Kugelschreiberfleck vom Mittelfinger, aus dem Radio plärrte Robbie Williams und die Küchenuhr an der Wand erzählte, es sei 6.58 Uhr. Plusminus 15 Minuten, wie sie wusste.

Vorsichtig trank sie einen kleinen Schluck des immer noch viel zu heißen, scheußlichen Kaffees.

Sie holte ihre wattierte Jacke und zog sie an, obwohl es aller Voraussicht nach ein warmer, frühsommerlicher Tag werden würde. Weniger vorsichtig, eher gedankenlos, nahm sie noch einen Schluck von der heißen, dunkelbraunen Brühe und verbrannte sich die Zunge. Scheiße. Sagte sie zu niemandem, nicht mal zu sich selbst.

Ihre Baumwolltasche musste sie suchen, sie fand sich im Wohnzimmer, neben dem Fernseher.

Ich bin dann jetzt mal weg.

Schrie sie.

Und wenn du nicht allmählich aufstehst, kommst du sicher zu spät.

Schrie sie noch lauter.

Ist mir aber auch egal. Ich habe ja schließlich schon einen Schulabschluss. Also, tschüss dann.

Schrie sie weiter und ihre Zunge brannte unangenehm.

Die Baumwolltasche in der Hand verließ sie eilig mit nassen Haaren das Haus, den bitteren Geschmack ihres sogenannten Kaffees im Mund. Sie wusste, eine Menge Arbeit erwartete sie auf ihrer Dienststelle. Aber vorher würde sie noch ein paar Nachforschungen zum Verbleib der alten Frau und des kleinen Mädchens anstellen. Auch da gab es eine Querverbindung zu dem erfolgreichen, satten und offensichtlich durch und durch verdorbenen Paar. Sie war sich so sicher, sie über kurz oder lang finden zu können. Sie würde nur noch genauer hinsehen müssen in diesem Hundert-Millionen-Teile-Puzzle.

Danach, erst danach würde sie ins Präsidium fahren, wo ein ganzer Schreibtisch voller Arbeit auf sie wartete, wie sie wusste.

Sie wusste allerdings nicht, dass sie dort niemals ankommen würde.

XXXI.

75.

Die letzte Nacht steckte ihr in den Knochen, in ihren Gedanken, in ihrem Herzen und ihrer Seele, einfach überall. Die erste Nacht, die sie in dieser großen, kalten Wohnung verbracht hatte. In einem Bett, das jemandem gehört hatte, der nun kein Bett mehr brauchte. Neben ihr hatte die andere gelegen, auf der Seite eingerollt wie ein Baby. So friedlich und unschuldig hatte der Schlaf sie erscheinen lassen, der trügerische Schlaf. Sie hatte sie noch nie schlafen sehen.

Nach dem Aufstehen erledigte sie an diesem, ihrem freien Tag gleich in der Früh die Sache mit Paul. Wie schäbig einfach das gewesen war: Ihn abzuholen an dem Ort, der lange Zeit sein Zuhause war, ein letzter Spaziergang, die Fahrt zum Tierheim, die Lüge, der Blick des Tierpflegers, der die Lüge erkannte, weil er täglich Lügen hörte und ihrer so müde war. Sie drückte ihm die Leine in die Hand und ging, ohne sich umzudrehen. Kein Blick zurück, nicht im Zorn und nicht in Liebe.

Dann fuhr sie zu der Wohnung, die ihr Heim werden sollte. Einen Schlüssel hatte sie nicht. Es wäre ihr auch obszön erschienen, sich selbständig Zugang zu der schönen, gepflegten und fremden Welt zu verschaffen. Es war nicht die ihre. Noch nicht. Also klingelte sie und nahm den Fahrstuhl ins Penthouse. Die blonde Frau, noch ungeschminkt, erwartete sie an der Tür.

Und?

Noch im Flur berichtete sie von ihrem Besuch im Tierheim, in nüchternen, kurzen Sätzen. Fakten schaffen.

Und das andere, das größere Problem? Was ist damit? Wollte sie wissen.

Darauf gab es keine Antwort. Noch nicht.

76.

Die andere war unzufrieden, sehr unzufrieden und ließ sie das auch spüren. Der Vormittag verlief kühl und unfreundlich, die Stimmung war gereizt, zu sagen hatten sie sich nicht viel. Das neue Leben badete in Spannungen.

Sie umkreisten einander schweigend. Die eine, die blonde, räumte auf, wo es nichts aufzuräumen gab. Lauernd und stumm fordernd. Die andere folgte ihr wie ein Schatten von Raum zu Raum. Zu sagen gab es vorerst nichts. Sie umkreisten einander.

Wie konntest du das bloß tun?

Was?

Diese Menschen umbringen, ihn umbringen? Wie konntest du das fertigbringen? Unschuldige Menschen töten?

Die blonde Frau mit den raspelkurzen Haaren stand vor dem perfekt ausgeleuchteten Badezimmerspiegel, der streifenfrei und unbarmherzig glänzte, und tuschte ihre Wimpern. Ihr Mund stand offen, die blauen Augen waren aufgerissen. Hässlich sein, um schön zu werden.

Lassen. Die richtige Formulierung lautet: töten lassen. Und weißt du was? Menschen sind nie unschuldig. Grundsätzlich nicht.

Sagte sie dem Spiegel.

Ich habe es für dich getan. Nur für dich. Das weißt du doch. Für dich würde ich noch viel mehr tun. Alles würde ich für dich tun. Alles. Einfach alles.

Sagte sie dem Spiegel.

Aber du hast gesagt, Ihr hättet das aus Spaß getan. Nur so aus Spaß. Die Stimme der Dunkelhaarigen war dünn und zerbrach an den Marmorfliesen.

Das verstehst du nicht.

Sagte sie dem Spiegel.

Das musst du auch nicht verstehen. Du musst nur verstehen, dass ich dich will. Ich will dich und ich habe dich immer gewollt. Das muss dir reichen.

Spieglein, Spieglein an der Wand.

Und du brauchst mich wie die Luft zum Atmen. Jetzt hast du mich. Für immer. Also stell mir keine Fragen. Zahl deinen Preis, aber frag nicht. Verstanden?

Sie drehte sich um zu der, die so verloren und fast glücklich und mit zerbrochener Stimme am Türrahmen lehnte. Sie sah sie an, ein blauer Blick unter halbgetuschten Wimpern. Sie lächelte nicht.

Knie dich hin. Sagte die Blonde.

77.

Hinterher erklärte die blonde Frau, sie fahre nun in ihr Atelier. Sie habe nachzudenken und zu arbeiten, vor allen Dingen zu arbeiten. Sie brauche ihre Ruhe, das ungeklärte Problem setze ihr zu.

Warte. Bat die andere. Einen Augenblick noch. Lass uns reden.

Sie, die nun mit dem Rougepinsel hantierte, antwortete nicht. Sie legte den Pinsel beiseite und fuhr sich mit gespreizten Fingern durchs Haar, den Blick wieder und weiter auf ihr Spiegelbild gerichtet. Ihr gefiel, was sie sah.

Die Dunkelhaarige trat hinter sie. Zwei Gesichter im Spiegel. Zwei Seiten einer Medaille. Eins und von der gleichen Art.

Ich werde das auf gar keinen Fall tun, hörst du?

Blicke trafen sich in dem Kristall, von dem ihre Worte klirrend abprallten. Sie sprach klar und deutlich und schien größer als sonst.

Ich töte niemanden. Ich bin nicht wie du.

Ach. Und wie bin ich deiner Meinung nach?

Schlecht. Du bist schlecht und böse und verdorben. Ich will nicht so sein. Ich bin nicht so. Was du tust, ist gegen alle Regeln. Ich liebe dich und ich hasse dich und ich brauche dich und ich verachte dich und ich bewundere dich, aber ich bin nicht wie du.

Regeln? Du sprichst allen Ernstes von Regeln? Du weißt, es gibt nur eine Art von Regeln. Und zwar meine. Und du wirst es nicht wagen, dich mir zu widersetzen. Niemals.

Du bist ein Tier. Ein unersättliches, böses Tier.

Die Blonde drehte sich um mit ihren getuschten Wimpern, zart geröteten Wangen und strubbeligen, raspelkurzen Haaren. Sie drehte sich um und spuckte der, die nun ganz dicht vor ihr stand, ins Gesicht. Blasiger Speichel landete kurz unterhalb eines geröteten Auges und zerlief.

Die Dunkelhaarige rührte sich nicht.

Ich bin nicht wie du. Wiederholte sie bestimmt und deutlich. Und wischte mit dem Handrücken Wolfsspeichel aus ihrem Gesicht. Aufrecht und stolz.

78.

Die Tür fiel hinter ihr ins Schloss, ablehnend, abstrafend, gnadenlos und feindlich. Endgültig.

Und sie saß in der Küche, in der nur selten gekocht wurde, und war ratlos. Sie stand auf und ging, ganz leise und ohne jemanden stören zu wollen, der nicht da war, ins Wohnzimmer. Sie öffnete Schränke und Schubladen und fühlte sich durch ihr schlechtes Gewissen beobachtet. In der Schublade des Sideboards fand sie ein Fotoalbum, schmucklos, und einige Bilder fielen ihr ungebeten, nicht unerwünscht entgegen. Er und sie. Immer nur er und sie. Der Hagere und das Kind. Der Ernste und das Mädchen. Er lachte nie auf diesen Bildern. Sie lachte immer oder grinste, feixte, schmunzelte, grimassierte, flirtete in die Kamera.

Das hatte sie immer und zuerst an ihr geliebt, dieses kindliche Lachen, diese Fröhlichkeit, diese Unbekümmertheit, diese Sorglosigkeit, dieses Schutzbedürftige. Sie schien so heiter und anlehnungsbedürftig. Zunächst. Damals, als sie sich kennenlernten. Und wie eine Spinne hatte sie dann begonnen, sie im Netz kindlicher Unschuld einzuwickeln, ihre Fäden zu spinnen, bis es keinen Ausweg mehr gab. Bis sie verloren war. Sie schob die Fotos zurück zwischen die Seiten des verlogenen Albums und legte es zurück in die Schublade, die sie dann schloss. Es gab keinen Ausweg und kein Entrinnen und keine Hoffnung auf Erlösung. Nie. Sie setzte sich auf das Designer-Sofa, von dem sie hoffte, es irgendwann wärmen zu lernen. Sie strich über das kühle Leder. Auswege – die gab es nur für andere. Wenn überhaupt.

Es klingelte. Sie sprang auf, dankbar und auf Erlösung hoffend. Nein, sie würde sie nicht einfach so alleine lassen in dieser hochpolierten Fremde, die sich so verkehrt anfühlte. An diesem freien Tag. Barfuß lief sie zur Tür und riss sie mit vor Glück laut klopfendem Herzen auf.

Und da stand sie, die Kommissarin.

79.

Darf ich kurz reinkommen?

Da stand eine Frau in wattierter Jacke und mit Haaren, die nach dem Trocknen nicht durchgekämmt worden waren. Eine Baumwolltasche, abgegriffen und fleckig, schlackerte an ihrer Hand und schlug gegen ihr Bein. Sie war außer Atem, weil sie die Treppe, nicht den Fahrstuhl genommen hatte. Sie nahm immer die Treppe. Grundsätzlich. Und die Dunkelhaarige wusste sofort, wer ihr da gegenüberstand.

Ich habe nur ein paar Fragen, das geht ganz schnell. Ich muss sowieso gleich weiter in meine Dienststelle, eigentlich hätte ich schon längst da sein sollen, aber … na ja, ich hatte vorher noch was abzuklären. So ist das eben in meinem Job, nichts ist planbar und Flexibilität ist alles.

Sie ist nicht da.

Ach so. Nicht da. Na, dann … Sagen Sie ihr, dass ich hier gewesen bin. Und richten Sie ihr aus, ich erwarte sie im Laufe des heutigen Nachmittags im Präsidium. Unbedingt. Anderenfalls … ach was, sie weiß sowieso, was sie anderenfalls erwartet. Wer sind Sie eigentlich?

Und sie sagte ihr, wer sie war.

Aha. Na gut, mit Ihnen werde ich mich dann demnächst auch mal näher beschäftigen. Sie hören von mir. Schönen Tag noch. Und vergessen Sie nicht, ihr das auszurichten. Heute Nachmittag.

Sie drehte sich um, um wie immer die Treppe abwärts zu nehmen. Sie nahm nie den Fahrstuhl, wenn es sich irgendwie umgehen ließ. Und sie nahm sie schnell, die relativ steile Marmortreppe, die zum Penthouse führte und die nur selten benutzt wurde, sehr schnell. So schnell, wie es ihrer temperamentvollen Art entsprach und immer zwei Stufen auf einmal. Das Tempo war typisch für sie. Völlig untypisch war, dass sie auf der dritten Stufe von oben den Halt verlor und stürzte, um dann mit verdrehten Gliedmaßen, geöffneten, erstaunten, aber stumpf-toten Augen und grotesk verdrehtem Kopf auf dem Treppenabsatz liegenzubleiben.

XXXII.

80.

Barfuß lief sie zurück in die Küche und durchwühlte mit zittrigen Fingern ihre Handtasche auf der Suche nach dem Autoschlüssel. Sie fand ihn ganz schnell, krallte sich an ihm fest und eilte aus der Wohnung Richtung Fahrstuhl. Sie wollte nicht zu dem sehen, was dort unten an der Treppe lag, tat es aber doch. Es war noch da und sie meinte, zwischen Kopf und wattierter Jacke eine Blutlache zu erkennen.

Noch nie hatte sie so lange auf einen Fahrstuhl gewartet, und als er sich schließlich in die oberste Etage des feinen Wohnhauses gequält hatte, dauerte es sehr, sehr lange, bis er endlich wieder unten war.

Barfuß lief sie durch den Eingangsbereich mit dem protzigen Leuchter und dem kitschigen Stuck, barfuß lief sie den Gehweg entlang bis zu ihrem Auto, dem alten, verdreckten Kombi, in dem es nach Hund roch. Niemand begegnete ihr, niemand wunderte sich über die kopflose Flucht einer Frau ohne Schuhe.

Sie startete den Wagen und würgte den Motor ab. Sie startete ihn erneut und fuhr mit neuen Sommerreifen stotternd davon. Es fährt sich nicht gut barfuß. Sie musste sich erst daran gewöhnen.

Der Weg zum Atelier war nicht weit, es gab nur drei Ampeln, zwei davon zeigten rot, an einer würgte sie den Motor nochmals ab.

Sie hielt im Parkverbot, stieg aus und lief zum Atelier, ohne das Auto abzuschließen. Sie hämmerte gegen die Tür, sie rief ihren Namen, mehrfach und laut.

Niemand öffnete ihr.

Sie lief zurück zum Auto und wäre fast in eine Glasscherbe getreten, aber nur fast. Es lief sich nicht gut auf dem Pflaster der Stadt, so ganz ohne Schuhe, aber das merkte sie nicht. Im Laufen angelte sie ihr Handy aus der Hosentasche und tippte rasch die Nummernfolge ein, die sie so gut kannte.

Wo bist du? Sag mir bitte, wo du bist. Es ist etwas ganz Schlimmes passiert. Oder etwas ganz Tolles – ich weiß es nicht so genau. Wo bist du?

Die andere sagte es ihr.

81.

Sie bog in den Waldweg, den ihr die andere genannt hatte, und folgte ihm für ungefähr 20 Meter. Auch das hatte ihr die andere beschrieben. Dort, an einer verwitterten Tafel, die Wanderwege, deren Verläufe und Ziele abbildete, ließ sie ihren Wagen stehen und hielt sich links. Tannen und Fichten, endlos aneinandergereiht, verfolgten ihre eiligen Schritte. Ihre bloßen Füße stießen an Baumwurzeln, fanden Tannenzapfen und Steine. Den kleinen See sah sie aber sofort, so idyllisch, so abgelegen, so versteckt.

Die blonde Frau mit den raspelkurzen Haaren saß auf einem Baumstumpf. Kein Sonnenstrahl erreichte sie.

Hier soll es Wölfe geben. Wusstest du das?

Sie hatte sie kommen hören.

Sie ist tot. Die Kommissarin ist tot. Sie ist die Treppe runtergefallen. Sie wollte dich sprechen, aber du warst ja nicht da und dann ist sie die Treppe runtergefallen. Das war ein Unfall, ein dämlicher, blöder Unfall. Und jetzt ist sie tot. Wir sind sie los. Stell dir das mal vor. Einfach nur durch einen Unfall. Ist das nicht ein unglaublicher Zufall? Ist das nicht völlig verrückt?

Atemlos, sie redete, ohne Atem zu holen. Die Worte überschlugen sich, nicht ihre Gedanken.

Was würdest du machen, wenn jetzt ein Wolf käme?

Die dunkelhaarige, atemlose Frau setzte sich ihr zu Füßen auf den Waldboden und legte ihren Kopf an ihr Knie.

Jetzt ist sie weg. Und wenn wer anderes kommt, um Fragen zu stellen, sehen wir weiter. Wir haben es geschafft. Nicht wahr, das haben wir doch? Wir haben es wirklich geschafft.

Sie schloss die Augen und spürte die Waldluft, den moderigen Geruch des Wassers und ihre wundgelaufenen, aufgeschlagenen Füße. Sie war angekommen.

Was tust du hier? An diesem See? Warum bist du hier? Du wolltest doch arbeiten. Malen.

Ich bin hier, um laut zu leben.

Zola, murmelte sie schläfrig und drückte ihr Gesicht gegen den harten Oberschenkel der anderen, atmete sie ein. Das ist von Émile Zola. Woher kennst du das?

Eine Hand strich ihr über das Haar. Ungewohnt liebevoll, behutsam und warm.

Könntest du ohne mich leben?

Sie war angekommen und müde und schüttelte mit geschlossenen Augen den Kopf. Angekommen.

Sei nicht mehr böse mit mir. Bitte. Das Schicksal meint es doch gut mit uns. Sie ist tot. Und nun wird alles gut. Das wird es doch, oder?

Die andere stand auf und nahm zwei Seidenbänder aus ihrer Umhängetasche.

Komm. Sagte sie. Und es war ein befehlender Wunsch. Steh auf und komm mit mir. Vertrau mir, so wie du mir immer vertraut hast und vertrauen konntest.

Die Dunkelhaarige erhob sich und folgte ihr an das Ufer des kleinen Sees, der eher ein Tümpel war, ein Weiher.

Die Blonde drehte sie behutsam und befremdlich zart mit dem Gesicht zum Wasser und band ihre Handgelenke auf dem Rücken zusammen. Sehr fest, Spielraum gab es nicht. Das andere Band, das rote, schlang sie fest um die Fußgelenke und verknotete es sorgfältig. Die Dunkelhaarige hielt wieder die Augen geschlossen und ihren Kopf in großer Ruhe und Zufriedenheit, nicht in Demut gesenkt. Die Frau mit dem blonden, raspelkurzen Haar umfasste von hinten ihre Schultern und schob sie etwas vorwärts. Schneewittchens Schritte waren nun klein und tippelnd und hilflos. Albern sah er aus, dieser Versuch, zu gehen.

Dann stand sie direkt am Wasser und sah nicht in das modrige Grün eines kleinen, versteckten Waldsees, spürte es nur tief in sich. Angekommen. Gesättigt. Satt. Und den Stoß, der sie zum Fallen brachte, hatte sie erwartet. Mit Schneewittchen-Sehnsucht.

XXXIII.

82.

An der kolumbianischen Karibikküste war es heiß, knapp über 30 Grad zeigten die Thermometer in Santa Marta. Die Luftfeuchtigkeit war hoch.

Im Schatten unter der Markise einer kleinen, schmuddeligen Bar ließ sich ein Mann Patacón con Queso schmecken. Eine Flasche Club Colombia stand auf dem Tisch, war aber noch verschlossen. Der Mann, er war klein und untersetzt, trug einen Strohhut, der ganz neu war. Und er sah durch eine alte, verspiegelte Sonnenbrille. Der Mann schwitzte während des Essens, obwohl er natürlich keine Lederjacke trug. Die Hitze Südamerikas setzte ihm zu. Er war sie nicht mehr gewohnt. Und dem großen, schwarzen Hund, der ihm unter dem klapprigen Tisch zu Füßen lag, ging es ähnlich. Er hechelte gelangweilt, verärgert und müde.

Dass der Mann das R rollte, fiel hier niemandem auf.

83.

In der unaufgeräumten Küche eines kleinen, unscheinbaren Reihenhauses irgendwo anders auf der Welt schmierte ein großer Junge mit pickeligem

Gesicht und tiefer Stimme reichlich Erdnussbutter auf eine Scheibe Toastbrot. Als Unterlage diente ihm ein offenbar in Eile geschriebener, nun fettverschmierter Einkaufszettel. Das hdl und ein verunfallter Smiley waren kaum mehr zu erkennen. Der Junge kaute mit vollen Backen, warf einen Blick auf die Küchenuhr und ging zurück zu den Simpsons ins Wohnzimmer.

Eine Dose mit Katzenfutter stand auf dem Tisch. Verschlossen und vergessen.

XXXIV.

84.

Guten Tag. Wie geht es Ihnen?

Eine blonde und sehr blasse Frau saß mit angezogenen Beinen auf einem Krankenbett und reagierte nicht.

Ich bin die Stations-Psychologin und würde mich gerne ein bisschen mit Ihnen unterhalten. Fühlen Sie sich besser?

Die Frau sah sie nicht an.

Besser? Fragte sie gegen die weißgetünchte Wand.

Ja, besser.

Besser. Ja, es geht mir besser.

Auf dem Tischchen, das neben dem Bett an der Wand festgeschraubt war, standen kleine, bunte Becher. Rot, blau, gelb und durchsichtig. Zwei grüne waren ineinandergesteckt. Alle waren leer. Mehr gab es nicht und nichts fehlte.

An dem Bett, auf dem sie saß, waren starke Gurte aus dickem Leder befestigt. Gurte, die sie nicht wollte, die im Notfall aber zum Einsatz kämen. Notfall war immer. Ansonsten war das Zimmer bis auf einen Klingelknopf und eine an der Decke befestigte Kamera leer. Das Fenster war geschlossen, öffnen ließ es sich nicht. Trotzdem war es von außen vergittert.

Die Patientin trug einen Kittel, hellgrau, der am Rücken zugebunden war. Sonst trug sie nichts. Sie war angezogen nackt.

Sie wissen, wo Sie sind?

Ja.

Sie wissen auch, welches Datum wir haben?

Ja.

Sie wissen auch, wie lange Sie schon hier sind.

Ja.

Haben Sie alles, was Sie brauchen?

Die Patientin starrte sie aus blauen Augen an. Völlig ausdruckslos war er, dieser Blick.

Nein, ich habe nichts. Ich habe gar nichts mehr von dem, was ich brauche. Nichts.

Möchten Sie darüber reden?

Die Psychologin, älter als ihre Patientin, erfahrener, vielleicht sogar klüger, bemühte sich um einen professionellen, empathischen, sachlichen Ton. Es gelang ihr problemlos. Sie wandte sich dem zu, was andere Menschen erschreckte. Sie musste das tun.

Sie wurde dafür gut bezahlt. Es strengte sie nicht an. Das durfte es nicht.

Die Patientin schüttelte den Kopf.

Die Psychologin nahm ihre Hand.

Darf ich?

Nicken.

Sie hielt die Hand fest. Sie hatte schon so viele Hände gehalten. Sie hatte längst aufgehört, zu zählen. An den Nägeln dieser Hand, die sie nun hielt, war der blutrote Lack fast vollständig abgeblättert. Die Nägel darunter waren gelblich verfärbt. Sie waren hässlich. Alles hier war hässlich.

Es könnte Ihnen helfen, darüber zu reden, wissen Sie? Es könnte Ihnen wirklich helfen.

Kopfschütteln.

Möchten Sie es vielleicht aufschreiben? Möchten Sie mir Ihre Geschichte aufschreiben? Es könnte doch sein, dass es Ihnen leichter fallen würde, als zu sprechen. Was meinen Sie?

Die Patientin meinte nichts.

Ich lasse Ihnen Papier und Bleistift bringen, ja? Und Sie versuchen, es aufzuschreiben. Wollen wir das so machen?

Leere Augen, blasse Haut, stummes Einverständnis.

85.

Eine Schwester schloss die Tür zum Krankenzimmer auf und legte Bleistift und einige linierte DIN-A4-Zettel auf das Bett. Sie lächelte nicht, sie sprach nicht, sie erledigte nur ihren Job. Emotions- und interessenlos.

Die blonde Frau sah die Zettel sehr lange an. Dann griff sie langsam zum Bleistift und schrieb den ersten Satz:

86.

In der Nacht hatte es geregnet.

Letztes Lied

Ich werde fortgehn, Kind. Doch du sollst leben
Und heiter sein. In meinem jungen Herzen
Brannte das goldne Licht. Das hab ich dir gegeben,
Und nun verlöschen meine Abendkerzen.

Das Fest ist aus, der Geigenton verklungen,
Gesprochen ist das allerletzte Wort.
Bald schweigt auch sie, die dieses Lied gesungen
Sing du es weiter, Kind, denn ich muß fort.

Den Becher trank ich leer, in raschem Zug
Und weiß, wer davon kostete, muß sterben …
Du aber, Kind, sollst nur das Leuchten erben
Und all den Segen, den es in sich trug:

Mir war das Leben wie ein Wunderbaum,
Von dem in Sommernächten Psalmen tönen.
– Nun sind die Tage wie geträumter Traum;
Und alle meine Nächte, alle – Tränen.

Ich war so froh. Mein Herz war so bereit.
Und Gott war gut. Nun nimmt er alle Gaben.
In deiner Seele, Kind, kommt einst die Zeit,
Soll, was ich nicht gelebt, Erfüllung haben.

Ich werde still sein; doch mein Lied geht weiter.
Gib du ihm deinen klaren, reinen Ton.
Du sei ein großer Mann, mein kleiner Sohn.
Ich bin so müde – aber du sei heiter.

Mascha Kaléko

Quellen:

Kevin Powers, Die Sonne war der ganze Himmel. © 2012 by Kevin Powers. Aus dem Amerikanischen von Henning Ahrens. © S. Fischer Verlag GmbH, Frankfurt am Main 2013.

Rammstein, Mutter. Musik und Text: Richard Kruspe, Paul Landers, Till Lindemann, Doktor Christian Lorenz, Oliver Riedel, Christoph Schneider © by Musik Edition Discoton GmbH/ Universal Music Publishing Group und Pilgrim Management GmbH.

Mascha Kaléko, Letztes Lied. Aus: Dies., Die paar leuchtenden Jahre. © Deutscher Taschenbuch Verlag, München 2003.

Susanne Preusker

wurde 1959 in Hildesheim geboren. Nach ihrem Studium an der Universität Osnabrück arbeitete sie zunächst in einer psychiatrischen Klinik und war im Anschluss 15 Jahre lang als Diplom-Psychologin, Psychotherapeutin und Gutachterin in verschiedenen Justizvollzugsanstalten tätig, zuletzt als Leiterin einer sozialtherapeutischen Abteilung für Sexualstraftäter in Bayern.

Seit 2009 lebt sie als freie Autorin in Magdeburg. Susanne Preusker ist verheiratet und hat einen erwachsenen Sohn.

„Die Satten" ist ihr viertes Buch.

www.susanne-preusker.de

Jacqueline Reese

Spitzberch

Frankenkrimi

210 Seiten • 12,80 € • ISBN 978-3-943160-03-1

Kulmbacher Bierfest: Wie jeden Sommer strömen tausende Besucher in die Biermetropole Oberfrankens, um das Bierfest in vollen Zügen zu genießen. Doch die Festtagsstimmung wird getrübt. Eine brutale Mordserie an jungen Frauen erschüttert die sonst so friedliche Gegend Oberfrankens. Der Täter scheint immer wieder magisch vom Spitzberg in der Nähe Kulmbachs und einem kleinen Dorf angezogen zu werden. Dort legt er seine Opfer nahe eines Waldbauernhäuschens ab. John Heusinger, ein zurückgezogen lebender Schriftsteller, findet die Leichen und gerät in Verdacht selbst der Täter zu sein.
Kommissar Lux, Leiter der Kulmbacher Polizeidienststelle, will den Mörder unbedingt dingfest machen bevor weitere Morde geschehen. Ihm zur Seite steht die ambitionierte und sympathische Kollegin der Bayreuther Kripo Hopfner. In einer der schönsten Naturlandschaften Deutschlands ermittelt ein Hauptkommissar in seinem ersten Fall. Die hier beschriebenen oberfränkischen Orte, die kleinen Dörfer, Gastwirtschaften und die hier als Kulisse gewählte Stadt Kulmbach, lassen den Leser eintauchen in eine authentische Welt, wie der Besucher dieser wunderschönen Landschaft sie auch heute noch zu erleben vermag.

Jacqueline Reese

Herrenstein

Frankenkrimi

325 Seiten • 12,80 € • ISBN 978-3-943160-07-9

Weihnachten in Kulmbach: Wie überall freuen sich auch die Menschen rund um die Biermetropole Oberfrankens auf ein ruhiges und beschauliches Weihnachtsfest.
Doch kurz vor dem Fest geschieht in den umliegenden, tief verschneiten Wäldern ein grauenhafter Ritualmord, dem ein weiterer folgen soll. Kommissar Lux und seine Mitstreiter stehen vor einem Rätsel.

Bei den nun folgenden Ermittlungen in den Rauhnächten, der mystischen Zeit zwischen den Jahren, stößt Lux in seinem zweiten Fall bei der Suche nach den Mördern an seine Grenzen und gerät dabei selbst in Lebensgefahr.

Antje Haugg

Blutige Kufen

Ein Bayreuther Eishockeykrimi

194 Seiten • 12,80 € • ISBN 978-3-943160-05-5

Ein grausiger Fund in der Mannschaftskabine der Bayreuth Tigers: Dort liegt der tote Torhüter Markus Jensen, in seiner Schläfe steckt eine Schlittschuhkufe.
Sein lockerer Lebenswandel hat dafür gesorgt, dass es einen ganzen Schwung Tatverdächtiger gibt – von denen jeder ein schlüssiges Motiv hätte.

Keine leichte Aufgabe für die ermittelnde Kommissarin Julia Lehmann, die sich noch dazu in einen der Verdächtigen verliebt. Die Spur führt Julia zurück zu einem Fall, den sie schon längst für abgeschlossen gehalten hatte. Aber ist sie da wirklich auf der richtigen Fährte?

Eugen Weschke

Die Tote vom Hochmoor

235 Seiten • 12,80 € • ISBN 978-3-943160-04-8

„Das Hochmoor war in gespenstisch wirkende Nebelschwaden gehüllt, über denen ein heller Dunst hing. Soweit das Auge reichte, säumten Moorpflanzen, krüppelige Birken und Weidensträucher den Weg aus Holzbohlen, der über die Tücken dieses todbringenden Morastes führte."

Bei der Durchquerung dieses Moores stoßen Wanderer auf einen Frauenschuh aus den frühen Jahren des 19. Jahrhunderts. Die Polizei birgt den dazu gehörenden Körper einer jungen Frau, die vermutlich einem Gewaltverbrechen zum Opfer fiel.

Ist es möglich, ein Tötungsdelikt nach fast 90 Jahren noch aufzuklären? Dieser Aufgabe stellt sich die Kriminalkommissarin Antonia Moosbach. Sie sucht in dieser wunderschönen, oft geheimnisvollen Landschaft, mit ihren Menschen, Bräuchen, Sitten und Traditionen, nach Ansatzpunkten für die Lösung dieses Falles.